I0686176

BORACH LÉVI

PAR

ISIDORE LOEB

Extrait de l'*Annuaire de la Société des Etudes juives*
Troisième année.

VERSAILLES

IMPRIMERIE CERF ET FILS

59, RUE DUPLESSIS, 59

1884

BORACH LÉVI

BORACH LÉVI

PAR

ISIDORE LOEB

Extrait de l'*Annuaire de la Société des Études juives*
Troisième année.

VERSAILLES

IMPRIMERIE CERF ET FILS

59, RUE DUPLESSIS, 59

—

1884

Ln 27
34953

BORACH LÉVI

L'affaire curieuse dont le récit va suivre s'est passée en France de 1752 à 1758. Nous en empruntons les détails aux ouvrages suivants :

I. *Acte de Baptesme de Borach Levy, juif d'Haguenau, par M. Pierre Le Soudier, curé de Montmagni, diocèse de Paris. Extrait des registres des Baptémes de la Paroisse de Montmagni, diocèse de Paris.* S. l. n. d., in-4° de 4 p.

II. *Actes et pièces servant de mémoire à consulter* [pour Borach Levi ; in fine :] *Imprimerie Paulus du Mesnil* (à Paris), 1752 ; in-4° de 86 p.

III. *Mémoire à consulter et consultation de Mᵉˢ Pothouin d'Huillot et Travers, avocats au*

Parlement, sur l'appel comme d'abus interjetté par Levy de deux sentences de l'officialité de Soissons, qui l'ont déclaré non recevable dans sa demande tendante à contracter dans le christianisme un nouveau mariage du vivant de la femme qu'il avait épousée dans le Judaïsme. A Paris, au Palais, à l'imprimerie de la veuve Paulus-Du-Mesnil, 1757 ; in-4° de 51 p.

IV. *Mémoire pour Joseph-Jean-François-Elie Levi, Bourgeois de Villeneuve-sur-Bellot, Appelant ; contre Monsieur François, duc de Fitz-James, évêque de Soissons, prenant le fait et cause de son Promoteur ; et le Sieur Louis Daage, curé de Villeneuve-sur-Bellot, Intimés.* [In fine :] *Imprimerie Ve Paulus-Du-Mesnil,* 1757 ; in-4° de 72 p.

V. *Mémoire pour le sieur Dage, curé de Villeneuve-sur-Belot, Intimé ; contre Joseph-Jean-François Elie Levi, Appellant comme d'abus de deux sentences de l'officialité de Soissons.* [In fine :] *Imprimerie Ve Lattrin, rue St-Jacques,* 1857 ; in-4° de 64 p.

, VI. *Plaidoyé pour M. l'Evesque de Soissons, pair de France, intimé ; Contre Joseph-Jean-*

François Elle Levy, ci-devant Borach Levy, juif de nation, appellant comme d'abus. [In fine :] *Paris, Imprimerie Pierre-Alexandre Le Prieur,* 1758 ; in-4° de 94 p.

VII. *Consultation sur le mariage du juif Borach Levi. A Paris, au Palais, chez la Veuve de Paulus-Du-Mesnil, imprimeur-libraire; Knapen, imprimeur-libraire,* 1758 ; in-4° de 87 p.

VIII. *Recueil important sur la question de scavoir si un Juif marié dans sa religion peut se remarier après son baptême, lorsque sa femme juive refuse de le suivre et d'habiter avec lui. A Amsterdam, et se vend à Paris, chez Cellot, libraire,* 1759 ; 2 vol. in-12. Cet ouvrage contient les pièces suivantes : 1. *Plaidoyé de Mᵉ Loyseau de Mauleon, pour Joseph-Jean-François-Elie Levi, ci-devant Borach Levi, appelant comme d'abus; Contre M. l'Evéque de Soissons, pair de France, intimé.* — 2. *Plaidoyé de maître Moreau pour M. l'Evêque de Soissons...* (n° VI ci-dessus). — 3. *Réplique de Mᵉ Loyseau de Mauleon...* — 4. *Mémoire de Mᵉ Le Gras pour J.-J.-F. Elie Levi...* (n° IV ci-dessus). — 5. *Mé-*

moire de M° Serieux pour le sieur Daage... (n° V ci-dessus). — 6. *Mémoire à consulter et Consultation de M*° *Pothouin et Travers...* (n° III cidessus; la Consultation est aussi imprimée dans le n° II ci-dessus, p. 18). — 7. *Consultation de M° Le Ridan sur le mariage du juif Borach Levi* (n° VII ci-dessus). — 8. *Dissertation où l'on prouve que saint Paul, dans le septième chapître de la première aux Corinthiens, n'enseigne pas que le mariage puisse être rompu lorsqu'une des parties embrasse la religion chrétienne.* — 8. *Observations sur cette dissertation.*

IX. *Recueil de pièces intéressantes sur les deux questions célèbres, savoir, si un Juif converti au Christianisme peut épouser une Fille Chrétienne lorsque son Epouse Juive refuse de le suivre, et si un Juif endurci devenu Baron peut nommer aux Canonicats d'une collégiale de sa Baronie. Aux Deux-Ponts, de l'imprimerie Ducale,* 1779, in-8° de 114 p. Ce Recueil contient les pièces suivantes: 1. *Un Juif seul contre tout le Parlement de Paris;* 2. *Observations sur le traité du mariage imprimé à Vienne (Autriche), l'an* 1766, *et composé par le R. P. Gervasio, de l'ordre des Hermites de Saint-Augustin, professeur royal* *dans l'Université de cette ville ; 3. Observations sur la brochure intitulée : Réponse au mémoire et à la consultation de Me Linguet touchant l'in-dissolubilité du mariage ; 4° Remarques succinctes sur les ouvrages de M. le Plat... et du R. P. Joseph Nebugis* (docteurs de l'Université de Louvain)... *touchant la dissolubilité du lien du mariage.*

Le 13 mai 1752, un homme d'apparence étrange et s'exprimant avec beaucoup de peine dans une sorte de lourd jargon, se présentait en l'étude de Maîtres Langlard et Garcerand, conseillers du Roi, notaires à Paris, et remettait à l'un deux, Mᵉ Langlard, un cahier qu'il voulait déposer en l'étude et dont il demandait une expédition. Ce cahier, composé de six feuillets de papier à lettres et une page, contenait un Mémoire écrit en français, mais comme les notaires craignaient que cette pièce ne fût pas comprise par l'homme qui la leur présentait, ils hésitaient à la recevoir. Ils s'aperçurent cependant que le comparant entendait mieux le français qu'il ne le parlait ; ils lui lurent phrase à phrase le Mémoire qu'il leur apportait, et, s'étant assurés qu'il en saisissait parfaitement le sens, ils firent droit à sa demande. Quand il dut signer le Mémoire sous leurs yeux, ce fut une nouvelle difficulté : il écrivit d'abord son nom en caractères hébraïques, dont il dit qu'il se servait habituellement, puis, tirant de sa poche un modèle qu'il portait ordinairement sur lui, il se mit à copier péniblement son nom en caractères français. Il s'appelait Joseph-Jean-François-Élie Lévi, ci-devant Borach Lévi, et son Mémoire contenait le récit d'une affaire où il était le principal personnage. Voici à peu près ce qu'il y dit :

« Je suis âgé de 31 ans, né à Haguenau, en Alsace, dans la religion israélite, fils de Moïse Lévi et de Ellé Wolf. J'ai pour cousins les juifs Moïse Pline [1] et

¹ Blein, Blien ; voir *Annuaire*, I, p. 148 et II, p. 152. Un certificat de M. Dugué (*Actes et pièces*, p. 15), daté de Paris, 27 décembre 1751,

Aaron Meyer, résidant à Mutzig (Bas-Rhin), qui ont été chargés d'entreprises pour le service des armées du roi en Allemagne, qui s'en sont acquittés avec honneur et ont acquis un crédit que je les soupçonne d'employer contre moi. Mon père étant mort il y a 19 ans, ma mère Ellé s'est remariée avec Mayer Aron, demeurant à Cernay (Haut-Rhin). Je me suis marié à mon tour, il y a 16 à 17 ans, à Haguenau, avec Mendel Cerf, et j'en ai eu deux filles ; ma femme était vive et séduisante, et j'aurais vécu parfaitement heureux avec elle sans un événement qui arriva l'année dernière et qui a changé entièrement le cours de ma vie.

» Un procès que j'avais contre un nommé Simon Rooz[1], et que je finis par gagner, m'obligea d'aller suivre cette affaire au conseil privé du Roi. Je quittai Haguenau en mars 1751 et vins à Paris ; un brevet du Roi, du 12 juin 1751, registré chez le lieutenant de police le 26 juin, m'autorisait à y demeurer pendant trois mois ; j'ai pu y rester depuis. A mon arrivée, je logeai pendant six semaines chez un aubergiste, rue de la Tixeranderie ; puis, pendant environ sept mois, chez Gérard, limonadier, rue des Cinq-Diamants. Dans cet intervalle, je me sentis poussé à embrasser la religion chrétienne[2]. J'en fis part au P. Croust, jésuite, confes-

---

atteste que Moïse Pline et Aron Meyer avaient témoigné de leur amitié pour leur cousin Borach Lévi en le recommandant au sujet de l'affaire qu'il avait au conseil et Dugué ajoute « que ces deux juifs sont de fort honnêtes gens, reconnus pour tels de tous les officiers généraux de la dernière guerre, de messire de Brou de la Grande-Ville, conseiller d'Etat, et autres. »

1 Ou Roos (*Actes et pièces*, p. 15). probablement juif.

2 Lévi n'explique pas d'où lui vint sa soudaine détermination. Il espérait probablement relever ainsi ses affaires, qui étaient sans doute en mauvais état ; ou bien, il comptait déjà, dès cette époque, se séparer de sa femme après avoir reçu le baptême et secouer le joug conju-

seur de Madame la Dauphine, alsacien comme moi. Il
m'adressa au P. Lamblat, dominicain [1], également originaire d'Alsace, et sachant parler allemand ; mais ce
Père était surchargé de travail à cause du jubilé universel, il m'adressa à son tour à un prêtre alsacien,
demeurant paroisse Sainte-Marguerite, et qu'on em-
ployait, à cause de sa connaissance de la langue allemande, pour le service religieux des soldats suisses.

» Je fus reçu à bras ouverts par le prêtre à qui m'a-
vait recommandé le P. Lamblat. Je logeai environ trois
semaines auprès de lui, dans la chambre qu'il avait
dans la communauté des prêtres de Sainte-Marguerite,
et il s'efforça de m'enseigner les vérités de la religion
chrétienne. Je ne sais lire ni écrire qu'en hébreu, ce
Mémoire même a été rédigé en français par une
personne à qui je l'ai dicté en allemand, mais j'en-
tends le français quand on le parle, et je le parle un
peu moi-même, très imparfaitement encore. Mon instruction était donc difficile, il fallut nous servir des
langues que je savais, l'allemand et l'hébreu. Le prêtre
m'enseignait le catéchisme allemand du diocèse de
Strasbourg, je le transcrivais en hébreu [2], et c'est ainsi
que je fus initié à la religion que j'aspirais à embrasser.

» Le commerce que je faisais à Paris m'avait mis
en relations avec un sieur Neffé, compagnon-orfèvre,

---

gal. Son caractère et les dérèglements dont on l'accuse justifient parfaitement ces hypothèses.

[1] C'est probablement le Jacobin dont il est question dans *Recueil
important*, I, p. 54, note.

[2] Lévi veut probablement dire qu'il transcrivait en caractères hébreux,
mais en langue allemande, le catéchisme du diocèse de Strasbourg.
Son instruction était sans doute assez élémentaire, il ne dit pas qu'il
entendît l'hébreu.

demeurant rue Parcheminerie. Je trouvai un jour auprès de sa femme [1] une fille à laquelle je ne fis d'abord aucune attention. Le prêtre qui me servait de guide m'ayant insinué que mon baptême romprait les liens de mon premier mariage et que je pourrais épouser une femme chrétienne, j'eus un instant l'idée d'épouser cette fille. Le prêtre voulut m'y aider et me procura une entrevue avec elle. J'offris de la prendre pour femme, si j'en obtenais la permission, et pourvu que je fusse certain qu'elle avait toujours été honnête. Avec le concours du prêtre, je la mis, par forme d'entrepôt, dans une auberge située grande rue du faubourg Saint-Antoine et, quelques jours après, dans le couvent de la Trinité, où le prêtre promit de payer sa pension sur le pied de 300 livres par an. Mais quatre ou cinq jours plus tard, je fus informé que cette fille avait jadis tenu une conduite déréglée. J'allai sur le champ lui déclarer que je ne l'épouserais pas et qu'elle n'avait qu'à s'en aller. Elle partit aussitôt et je ne l'ai plus revue.

» Dans cet intervalle, je fus présenté par ce prêtre au curé de Sainte-Marguerite, puis à Monseigneur l'archevêque de Paris, qui m'accueillit au mieux et chargea le prêtre de m'instruire et de me recommander au curé de Sainte-Marguerite.

» Quelques jours plus tard, le prêtre m'informa que des Juifs lui avaient offert une somme de 800 livres s'il voulait me livrer à eux. Il ajouta qu'il n'en ferait rien, mais qu'il serait d'avis de prendre toujours les

---

[1] Le *Plaidoyé pour M. l'évêque de Soissons* commet sans doute une inadvertance lorsqu'il dit (*Recueil important*, I, p. 55, note) que Lévi n'indique pas la profession de cette femme, à moins qu'il ne veuille insinuer que cette profession fût inavouable.

800 livres. Je rejetai la proposition et je commençai à avoir des doutes sur le caractère de ce prêtre, sa conduite me paraissait d'ailleurs plus qu'irrégulière. Je parlai au P. Croust de mes soupçons, il me renvoya au P. Lamblat, qui parut s'indigner de ce que je décriais l'homme qui m'instruisait. Il me dit de retourner auprès du prêtre, ce que je fis.

» Trois ou quatre jours plus tard, un tapissier qui ne parvenait pas à se faire payer vint enlever les meubles de la chambre du prêtre. Nous fûmes obligés de quitter notre logis commun, et le prêtre loua deux chambres dans une maison près de la Roquette. Comme je devais, pour achever mon instruction, rester auprès de lui, et qu'il n'avait ni argent ni crédit, j'achetai, pour garnir notre nouvelle demeure, un lit et quelques meubles, et je priai Neffé de fournir le surplus des meubles nécessaires. De plus, le prêtre ayant assuré que je serais baptisé dans dix à douze jours au plus tard, Neffé consentit que sa femme, accompagnée d'une jeune fille de neuf ans qui coucherait avec elle, vînt loger dans une de nos deux chambres, afin de veiller au soin du ménage et nous aider dans l'embarras des préparatifs de mon baptême.

» Mais dix ou douze jours après, la conduite scandaleuse du prêtre éclata, il fut obligé de quitter la paroisse, j'allai, de mon côté, loger rue Zacarie, chez un aubergiste que j'avais connu en Alsace. Le prêtre, cependant, s'adressa à différentes personnes dont il invoqua la charité en ma faveur, quoique je n'eusse alors aucun besoin de secours. Je ne vivais point à sa charge et je ne l'ai pas revu.

» Je m'adressai au P. Lamblat pour obtenir le baptême. Il fit une enquête dans la paroisse Sainte-Marguerite, ma demande fut publiée au prône. Aucune plainte ni aucune réclamation de créances ne se produisit contre moi, on dit seulement qu'il planait sur moi quelques soupçons à cause de mes relations avec le prêtre disparu et avec la fille que j'avais voulu épouser. Le P. Lamblat consulta Monseigneur l'archevêque, qui me reçut une seconde fois avec bonté, mais considéra que je n'étais pas suffisamment préparé à recevoir le baptême et recommanda au P. Lamblat de continuer mon instruction.

» L'auberge où je demeurais était paroisse Saint-Séverin. Mᵉ Calvel, avocat au Parlement et aux Conseils du Roi, qui avait été mon avocat dans mon procès contre Rooz, et le P. Lamblat me présentèrent au curé de cette paroisse, mais comme il était surchargé de besogne et ne pouvait s'occuper de moi, le P. Lamblat m'engagea à changer de paroisse, et j'allai m'installer chez un limonadier, rue de Tournon, paroisse Saint - Sulpice, où je demeure encore à présent.

» Dès l'origine et plusieurs fois pendant le carême de l'an 1752, le P. Lamblat me présenta au curé de Saint-Sulpice et l'assura que j'étais suffisamment instruit. Le curé fixa enfin le jour de mon baptême au samedi-saint 1ᵉʳ avril dernier, M. le duc de Châtillon et Mᵐᵉ la marquise de Rosen, à laquelle le P. Lamblat m'avait également présenté, voulurent bien me servir de parrain et de marraine. Tout était donc prêt pour mon baptême.

» Plusieurs incidents vinrent l'ajourner de nouveau. Le jour des Rameaux, le P. Lamblat manqua d'être assassiné dans sa chambre par un homme qui, étant venu lui faire visite, avait tiré brusquement un poignard et l'avait menacé de le frapper s'il ne m'abandonnait. Le pauvre Père en tomba malade. Le mercredi-saint, le curé de Saint-Sulpice reçut une lettre peu flatteuse pour moi du curé de Sainte-Marguerite. Il alla trouver le P. Lamblat, qui me justifia, et ils convinrent que le curé consulterait l'archevêque. Le samedi-saint, je vis le curé, il me dit qu'il ne pouvait plus s'occuper de moi, et me conseilla d'aller chez l'archevêque. Je m'y rendis jeudi de Pâques, 6 avril, en compagnie du P. Lamblat. Je fis valoir un certificat que m'avait donné, le 7 janvier dernier, le magistrat de Haguenau, la protection dont feu M. le duc d'Orléans m'avait honoré [1], ce fut en vain. Monseigneur l'archevêque me dit qu'il était édifié sur mon compte, qu'il savait comment j'avais vécu à Haguenau et ce qui m'en avait fait partir [2], que j'étais un mauvais sujet et que je ne recevrais jamais le baptême à Paris. Il ajouta que si je persistais dans mon dessein de me faire chrétien, je pourrais retourner à Haguenau ou aller à Metz, où ma demande serait peut-être plutôt accueillie.

» Ce refus ne m'ayant pas encore découragé, je me rendis de nouveau à l'archevêché le vendredi 14 avril

---

[1] *Actes*, p. 14. En réalité ce certificat se bornait à faire des vœux pour la conversion de Lévi et la propagation de la foi. Le magistrat exprimait l'espoir que le nouveau converti, par la grâce que doit opérer le sacrement du baptême, se gouvernerait en bon chrétien et il ajoutait : « A l'égard de sa conduite passée comme Juif, il s'est comporté comme tous les autres de cette nation. » Il est évident que Lévi ne pouvait guère tirer vanité d'une pareille recommandation qui l'enveloppait, avec tous les Juifs, dans un sentiment commun de malveillance.

[2] Le *Plaidoyé pour M. l'évêque de Soissons* donne aussi à entendre que les raisons données par Lévi de son départ de Haguenau ne sont pas les vraies (*Recueil important*, I, p. 53) et paraît voir un lien entre les causes de ce départ et la conduite déréglée de Lévi.

et y déposai un placet [1] où je disais qu'en demandant le baptême je n'étais guidé par aucun sentiment intéressé, que je consentais, après l'avoir reçu, d'être enfermé dans un couvent, même à Bicêtre, et de ne disposer des biens que j'ai à recouvrer que pour y payer ma pension. Lorsque le mardi 18 avril j'allai chercher la réponse, Monseigneur me dit qu'il s'était maintenant assez occupé de moi et me pria de m'en aller.

« Ainsi je m'étais instruit pendant plus de six mois dans la religion chrétienne, j'avais épuisé toutes mes ressources pour réussir dans mon projet et tous mes efforts étaient perdus ! C'est en vain que diverses personnes, entre autres le sieur Prieur du Temple, intercédèrent encore en ma faveur à l'archevêché. Ne pouvant me résoudre à perdre le fruit de mes peines, je consultai des avocats au Parlement, ils me conseillèrent d'adresser, par ministère d'huissier, au sieur curé de Saint-Sulpice, une supplication et réquisitoire de me baptiser et de fixer le jour de la cérémonie, et, en cas de refus, d'en expliquer les motifs. L'acte fut dressé, mais l'officier de justice des avocats ne connaissait pas d'huissier, celui que lui indiqua un procureur de son voisinage était justement à la campagne, nous en trouvâmes un, enfin, Claude-Antoine Henry, huissier à cheval au Châtelet de Paris [2]. Le 5 de ce mois, cet officier fit la signification au sieur curé de Saint-Sulpice. Je l'assistai en personne et j'avais, en outre, pris avec moi un tailleur d'habits, François

---

[1] Ce placet, dont le texte se trouve dans les *Actes et pièces*, y est appelé 4e *placet*.

[2] Cette difficulté de trouver un huissier n'indiquerait-elle pas que les officiers de justice hésitaient à faire la signification ?

2

Cheff, parce qu'il sait l'allemand et le français. Le sieur curé répondit qu'il rendrait compte de sa conduite quand et à qui il appartiendrait.

» Le soir du même jour, une personne d'un haut rang manda François Cheff et lui représenta que lui et l'huissier, en me prêtant leur concours, s'étaient exposés à de grands risques. Depuis ce temps, François Cheff, intimidé, refusa de me servir d'interprète. Le soir du 9 mai, l'huissier Henry a totalement disparu [1]. Cela fait que je crains pour moi-même et que je me sens dans la nécessité de me mettre sous la sauvegarde et protection de Messeigneurs du Parlement. C'est pour y parvenir que j'ai rédigé le présent Mémoire. »

₊

Après avoir laissé cette pièce aux mains de Mes Gaicerand et Langlard, Lévi se rendit auprès de Mes Pothouin d'Huillot et Travers, avocats au Parlement, qui rédigèrent pour lui un Mémoire à consulter et une Consultation, datés du 15 mai 1752 [2]. Il leur déclara, entre autres, qu'outre la tentative d'intimidation faite sur le P. Lamblat, le 25 avril 1752, on avait, quelque temps auparavant, fait à celui-ci une offre de 4,000 livres pour qu'il abandonnât son protégé, et qu'après la sommation faite au curé de Saint-Sulpice, le 5 mai 1752, une juive nommée dame Salomon et d'autres per-

---

[1] Il nous paraît probable que tout ce complot contre Lévi, tout aussi bien que l'offre d'une somme d'argent au prêtre qui l'avait instruit et la tentative faite pour effrayer le P. Lamblat, sont de pures visions.

[2] Texte de cette consultation dans *Actes et pièces*, p. 18 à 86.

sonnes avaient offert de l'argent à lui-même, Lévi, pour retourner dans sa famille, ce qui peut être vrai. Il n'échappa point à la pénétration des avocats que Lévi nourrissait le désir secret de rompre le mariage qui le liait à Mendel Cerf, et ils ne consentirent à lui donner une consultation qu'après qu'il eut déclaré de vive voix que son intention présente, en recevant le baptême, était de ne point prendre d'autre femme que celle qu'il avait épousée dans la religion juive, tant que Dieu lui accordera la grâce et la satisfaction de la lui conserver. Quoique ce mot d' « intention *présente* » cachât un subterfuge, les avocats furent rassurés par cette déclaration, mais ils prirent encore la précaution de prouver à Lévi, dans leur consultation, que son mariage avec Mendel Cerf était indissoluble. Ils concluaient que le refus qu'on opposait à la demande de baptême de leur client n'était pas légitime et que Lévi devait demander justice au Parlement.

Muni de cette pièce, Lévi commença ses démarches. Il fit imprimer le Mémoire à consulter et la Consultation des deux avocats [1], et en adressa, le 5 et le 6 juin 1752, des exemplaires à tous les membres du Parlement, à tous les curés de la ville et des faubourgs de Paris, et à différentes autres personnes, entre autres à Son Éminence Mgr le Cardinal de Soubise, évêque de Strasbourg [2]. Il allait, du reste, obtenir ce baptême qu'il paraissait si ardemment désirer. Il était parvenu à entrer en relations avec le curé de la paroisse de Montmagny, près d'Enghien, Pierre le Soudier, licen-

---

[1] Cet imprimé est probablement le document intitulé *Actes et pièces.*
[2] *Acte de baptême.*

cié de Sorbonne, et il parvint à le persuader. Comment ce prêtre ne fut-il pas arrêté par les scrupules qu'avaient eus l'archevêque de Paris et le curé de Saint-Sulpice ? On ne peut l'accuser d'avoir procédé à la légère, il s'assura que les faits contenus dans la pièce imprimée que Lévi lui avait remise étaient constants, il prit des témoignages de vive voix de personnes dignes de foi assurant qu'il n'y avait rien à reprendre aux mœurs et à la conduite de Lévi, il se convainquit enfin que celui-ci était parfaitement instruit des vérités de la religion chrétienne et l'examina lui-même plusieurs fois sur le catéchisme du diocèse. S'étant convaincu que Lévi remplissait toutes les conditions requises, Pierre le Soudier lui administra le baptême, en l'église de Montmagny, le 10 août 1752. Lévi eut pour parrain messire Jean-Joseph-Elies Dupin, écuyer, seigneur de Monceau, grand et petit Gagny et autres lieux ; et pour marraine, dame Henriette-Geneviève Meusnier de Mauroi, veuve de messire Guillaume-Léger le Pelletier, sous-brigadier de la 1re compagnie des mousquetaires du Roi, dame de Villeneuve, Marée et autres lieux. Les trois marguilliers de la paroisse, le maître d'école, messire Louis-Antoine d'Archambault, écuyer, trois avocats au Parlement et divers autres personnages assistaient à la cérémonie. Lévi prit en partie les prénoms de son parrain et s'appela Joseph-Jean-François-Elies Lévi, il signa l'acte de baptême en caractères hébreux et en caractères vulgaires imités sur un modèle qu'il avait sous les yeux. Lévi était enfin baptisé, mais le pauvre curé de Montmagny dut expier la faute qu'il avait commise. Une lettre de cachet, datée du 29 septembre suivant, et sollicitée par Mgr l'archevêque de Paris, l'exila à

Haguenau, l'ancienne résidence de Lévi. Le choix de cette ville était significatif. Pierre le Soudier esquiva la signification de cet acte, et la maréchaussée envoyée à sa recherche le 25 janvier et le 2 février 1753 ne put découvrir sa retraite.

***

Borach Lévi avait atteint son but, la question qu'il avait soulevée paraissait vidée et on pouvait penser qu'il cesserait d'occuper de lui et l'autorité ecclésiastique du diocèse de Paris et le public, lorsqu'il fit surgir un nouvel incident.

Son premier soin, après qu'il eut reçu le baptême, avait été de travailler à la conversion de sa femme, qu'il avait laissée à Haguenau, et de ses deux filles. Il fit, à cet effet, un voyage à Haguenau au mois d'octobre 1752, mais sa femme ayant repoussé ses propositions, il se borna, pour le moment, à solliciter des magistrats l'autorisation de prendre ses filles et de les faire élever dans la religion chrétienne. La jurisprudence établie en Alsace était favorable à son dessein. Dans un cas analogue, Abraham Moch, préposé des Juifs de Haguenau, avait été obligé, le 19 septembre 1731, de rendre à son gendre, qui s'était baptisé, deux enfants que celui-ci avait eus de Kendel, fille d'Abraham Moch, et que ce dernier voulait élever dans la religion israélite. La demande de Lévi fut accueillie, il plaça ses filles dans deux communautés religieuses où la religion chrétienne leur fut enseignée [1]. Satisfait pro-

---

[1] *Recueil important*, I, 5.

visoirement de ce résultat, Lévi revint à Paris sans plus s'inquiéter de sa femme.

Il ne s'en souvint qu'au bout de dix-huit mois. Depuis son retour de Haguenau, tout en continuant à se qualifier négociant à Paris, il passait la plus grande partie de son temps à Villeneuve-sur-Bellot, dans le diocèse de Soissons, domaine de cette Mme de Mauroi, qui l'avait tenu sur les fonts baptismaux [1]. Mme de Mauroi avait même consenti à lui donner, au moins pendant un certain temps, l'hospitalité dans son château, et elle y avait également accueilli les deux filles de Lévi. Le samedi-saint, 29 mars 1755, ces deux jeunes filles, âgées l'une d'environ quinze ans, l'autre d'environ douze ans, furent baptisées à Villeneuve-sur-Bellot, sous les noms de Marie-Françoise et de Marie-Angélique, ayant pour parrain messire François-Marcel d'Alonville, seigneur de Verdelot, Laroche et autres lieux, et pour marraine Mme de Mauroi [2]. Leur père était à Villeneuve depuis mai ou juin 1753 [3], et il était maintenant considéré comme y ayant son domicile. Dans le château de Mme de Mauroi, il avait fait la connaissance d'une domestique chrétienne, nommée Anne Thévart, fille de Nicolas Thévart, et il est permis de croire qu'il conçut de bonne heure le projet de l'épouser. L'existence de la pauvre Mendel Cerf

---

[1] *Recueil important*, II, 223.

[2] *Recueil important*, II, 10 et 292; la date du samedi-saint 13 avril 1754 (*ibid.*, p. 223 et 224) paraît fausse, celle du 29 mars 1755 est écrite en toutes lettres dans l'acte de baptême reproduit II, p. 10; Cf. I, 8, où il est dit qu'en septembre 1754 Lévi menace sa femme de faire baptiser ses enfants, ils ne l'étaient donc pas encore en avril 1754.

[3] Le certificat du curé de Villeneuve constatant que Lévi était à Villeneuve depuis plus de 14 mois est daté du 18 août 1754 (*Recueil imp.* II, 224 et 240). Cependant un passage de nos pièces dit que ce certificat était du 18 août 1755 (*Ibid.*, I, 268; Cf. I, 91, note).

s'opposait à ce dessein, c'est pour renverser cet obstacle que Lévi poursuivit, pendant plusieurs années, la procédure curieuse et compliquée dont nous allons raconter les incidents.

Il commença par adresser à sa femme, par voie d'huissier, une sommation d'abjurer le judaïsme, d'embrasser la religion chrétienne et de le rejoindre. Le texte de cette sommation avait été rédigé sur le conseil de théologiens et de trois avocats au Conseil souverain d'Alsace. Instruit par eux, Lévi avait considéré que sa foi naissante pourrait courir quelque danger s'il cohabitait avec Mendel sans que celle-ci devînt chrétienne, et que la discipline des conciles et la pratique de quelques Églises, de celle de Strasbourg en particulier, avait toujours été, surtout à l'égard des Juifs, de défendre aux nouveaux convertis de demeurer avec leur conjoint qui persévérait dans l'infidélité. Tant de précautions de sa part et une soumission si touchante aux volontés des conciles méritaient d'être récompensées. Lévi obtint de sa femme la réponse qu'il souhaitait. Sa sommation fut présentée à Mendel le 13 mai 1754, elle répondit sur-le-champ, de vive voix, qu'étant née dans le judaïsme, elle était résolue d'y mourir; qu'elle refusait de rejoindre son mari et le sommait, au contraire, de lui envoyer des lettres de divorce, afin qu'elle pût, de son côté, passer à un nouveau mariage avec un juif, si bon lui semblait [1]. Dans la crainte que cette déclaration ne parût être plutôt un effet de sa vivacité que d'une résolution arrêtée, elle alla la renouveler le 15 juin suivant de-

---

[1] *Recueil important*, II, 5-6; le divorce était à cette époque permis aux Juifs par la loi civile.

vant le Stettmeistre-Régent de la ville de Haguenau.

Il ne peut pas y avoir de doute sur les véritables intentions de Lévi : il ne souhaitait ni la conversion ni le retour de sa femme auprès de lui. On se rappelle que déjà à l'époque de son baptême son attitude avait fait voir clairement qu'il désirait la rupture de son mariage avec Mendel. La meilleure preuve qu'il n'avait pas d'autre but que de s'en séparer, c'est que, le 22 mai 1754, c'est-à-dire à une date où il pouvait à peine avoir la réponse de Mendel à sa sommation, il était à Paris avec le père d'Anne Thévart et obtenait de celui-ci, par acte en brevet passé devant deux notaires, le consentement au mariage de sa fille Anne Thévart avec Lévi. Le projet de ce second mariage était donc formé et concerté avant la sommation faite à Mendel Cerf [1]. Si cette sommation avait été sérieuse au lieu d'être de pure forme, Lévi se serait borné à demander à Mendel de venir le rejoindre et il ne l'aurait pas, sans aucune nécessité, sommée de se faire chrétienne. Ce qui ne s'explique pas d'abord, c'est qu'il n'ait pas consenti à lui donner la lettre de divorce qu'elle demandait. Avait-il quelque intérêt à la refuser? Il était probablement sans ressources et n'aurait pas pu restituer la dot de sa femme, mais rien ne prouve que Mendel, dont les documents vantent le caractère élevé, ait réclamé aucune restitution. Il est plus probable que Lévi, en s'obstinant à ne pas donner la lettre de divorce, était inspiré de sentiments de jalousie ou de vengeance, et que, de plus, cette formalité n'aurait pas été reconnue valable par le clergé, puisqu'elle aurait été remplie par Lévi après son baptême. Elle

[1] *Recueil important*, II, 224.

aurait donc eu pour lui le double désavantage de dégager Mendel sans le dégager lui-même. Peut-être même
avait-il quelque crainte d'être considéré comme relaps
s'il se livrait, en donnant le divorce, à une pratique
juive. La Constitution XXXVIII du pape Benoît XIV,
donnée à Rome le 16 septembre 1767, défend formellement à un juif baptisé de donner divorce à sa femme
restée juive, et menace de le poursuivre comme
judaïsant[1].

Lévi comprit bien vite la faute qu'il avait commise
en demandant à Mendel qu'elle se convertît au christianisme. Cette exigence entachait de vice sa première
sommation, il fallut en faire une autre. Il commença
par se faire délivrer, le 18 août 1754, par le sieur
Louis Daage, curé de Villeneuve, et par le sieur Bé-
guin, procureur d'office en la justice du même lieu,
un certificat constatant qu'il demeurait à Villeneuve
depuis quatorze mois, qu'il y avait fait ses pâques et
qu'il était de bonnes vie et mœurs. Au mois de septembre suivant, il se rendit à Haguenau, auprès de sa
femme, espérant l'intimider, sans doute, par la menace d'emmener et de faire baptiser leurs enfants,
mais elle était aussi énergique que tendre, et quoiqu'il
lui offrît cette fois de la laisser pratiquer la religion
juive, elle refusa de le suivre. Il fit insérer ses offres
dans une seconde sommation qu'il lui adressa le 2 octobre 1754 et qui n'eut pas plus de résultat que la première. Mendel ne demandait sûrement pas mieux que
de vivre avec son mari, s'il consentait à revenir au
judaïsme. Elle lui avait autrefois, avant son baptême,

---

[1] Bullaire de Benoit XIV, 2ᵉ vol., Venise, 1778, p. 150.

et quand elle connaissait ou soupçonnait déjà ses fredaines, écrit une lettre touchante que Lévi lui-même a fait imprimer : « Jamais jeune femme, disait-elle, n'a eu tant de malheur que moi, mais Dieu qui me l'envoie y mettra fin, je mets toute ma confiance en lui et me flatte qu'il ne m'abandonnera pas. Borach, mon cher Borach, ayez pitié de moi, ne manquez pas de m'écrire ou plutôt de revenir. L'excès de ma douleur me fait finir ma lettre et peut-être ma vie [1] ». Malgré ses justes griefs, « cette juive qui s'exprimait dans des termes si doux et si passionnés [2] » aurait pardonné à Lévi toutes ses fautes, sa conscience ne lui permettait pas de pardonner sa défection religieuse. « Est-il étonnant qu'elle ait encore alors persisté dans le refus qu'elle a fait de le suivre, et dont elle donne sans cesse pour motif son attachement à sa religion [3] ? »

« Muni de ce nouveau refus, si souhaité », Lévi se rendit en toute hâte à l'évêché de Strasbourg, où il se fit délivrer, le 4 octobre, par le secrétaire de l'évêché, un certificat constatant qu'il avait de tout temps été d'usage, dans le diocèse de Strasbourg, de permettre aux Juifs baptisés de contracter mariage avec des personnes catholiques, lorsque leurs femmes juives refusaient de cohabiter avec eux après qu'ils avaient reçu le baptême, et que cet usage avait été consacré par nombre d'arrêts du Conseil souverain d'Alsace [4]. Déjà antérieurement, trois avocats au Conseil souverain d'Alsace avaient signé à Colmar une consultation

[1] *Actes et pièces*, p. 16-17.
[2] *Rec. imp.*, I, 60.
[3] *Ibid.*, I, 60.
[4] *Ibid.*, II, 94.

constatant la jurisprudence du Conseil sur ce point et écrite probablement pour l'usage de Lévi, car elle est du 18 mars 1754, c'est-à-dire antérieure de deux mois à la première sommation adressée par celui-ci à sa femme. Les trois avocats assuraient que ces sortes de mariages entre juifs baptisés et chrétiennes faits du vivant de la première femme du juif n'étaient pas rares dans la province, et ils ajoutaient qu'il y avait alors, parmi les huissiers-audienciers du Conseil, un juif baptisé, autrefois domicilié à Haguenau et marié avec une juive, et qui, après avoir reçu le baptême en 1731, épousa une chrétienne, sa première femme ayant persisté dans son aveuglement judaïque[1]. D'autres cas furent cités plus tard. Vers la fin de l'année 1747, Edel Bernheim, épouse d'Aron Lévi, juif originaire de Zillisheim, dans la Haute-Alsace, s'enfuit avec Wolf Bacher, juif originaire de Prague, et tous deux se baptisent à Strasbourg le 25 novembre 1747. Le 28 février, Edel adresse sommation à son mari de se baptiser et de la rejoindre, le mari demande, au contraire, qu'elle rentre dans le domicile conjugal. Malgré cette offre du mari, Edel Bernheim se marie, le 14 août 1748, avec Wolf Bacher, dans la paroisse de Saint-Pierre-le-Jeune, à Strasbourg, et le 29 mars 1749 un arrêt du Conseil souverain d'Alsace déclare ce mariage valable et condamne Aron Lévi à restituer la dot d'Edel[2]. Tout Paris connaissait un sieur Albert, mahométan de nation, qui fut converti dans le voyage qu'il fit en France, en 1720, à la suite de l'ambassa-

---

[1] *Rec. imp.*, II, 99-101. Ce juif n'est autre que Bernard Hirtz, d'Obernai, ce gendre d'Abraham Moch, de Haguenau, dont nous avons parlé plus haut.

[2] *Ibid.*, II, 89-90.

deur turc, et qui, malgré les quatre femmes qu'il avait
à Constantinople, avait été marié à Paris par M. le cardinal de Noailles [1]. En 1756, Lévi se fit délivrer des
attestations des évêchés de Verdun, Toul et Metz [2].
L'évêque de Verdun certifiait que le juif Salomon
Lambert, originaire de Metz, baptisé à la cathédrale
de Verdun le 29 mai 1751, épousa, le 27 juillet suivant, à Récicourt, Marguerite Renaud, chrétienne,
sa première femme, Colombe Hadamart, ayant refusé
de se faire chrétienne. La pièce émanant de l'évêché
de Metz ajoutait que la Synagogue de la ville de Metz
regardait les sommations faites par les juifs convertis
à leurs femmes comme des actes de répudiation (ce
qui était, évidemment, une jurisprudence très sensée),
et que, de leur côté, ces femmes juives passaient ainsi
à de nouveaux mariages.

Le 18 octobre, Lévi présente à l'évêque d'Uranopole,
suffragant et official général de Strasbourg, une requête à l'effet d'obtenir acte des sommations par lui
adressées à sa femme et des réponses de celle-ci, et
permission de se pourvoir par mariage en face de la
sainte Eglise catholique, apostolique et romaine, avec
une personne de la même religion. Une ordonnance de
l'official, datée du 23 octobre, lui permit d'assigner Mendel aux fins de cette requête pour l'audience du 7 novembre. Mendel ne comparut point et l'official rendit
contre elle, par défaut, une sentence déclarant que
Lévi était « libre de se pourvoir par mariage, en face
de la sainte Eglise catholique, apostolique et romaine,
avec une personne de la même religion, en observant

[1] *Rec. imp.*, II, p. 85.
[2] *Ibid.*, II, 96-99.

les formalités requises, sans qu'il soit besoin d'autre permission de notre part [1]. »

Cette sentence obtenue, Lévi quitta l'Alsace, emmenant ses deux filles, qu'il plaça au château de Villeneuve, où, comme nous l'avons vu, il les fit baptiser plus tard, et pendant plusieurs mois on n'entend plus parler de lui. Il est possible qu'il employa ce temps à obtenir le consentement d'Anne Thévart à son mariage, elle le lui donna le 1er juin 1755, en brevet, devant un notaire de Villeneuve. Aussitôt Lévi pria le sieur Daage, curé de Villeneuve, de publier ses bans, mais le curé refusa de faire cette publication, attendu que Lévi avait déjà une femme, et qu'il ne pouvait pas en épouser une autre tant que la première vivrait.

Ce refus du curé de Villeneuve fut le point de départ d'un long procès que Lévi soutint, avec une constance digne d'une meilleure cause, contre les autorités ecclésiastiques et qu'il porta jusque devant le Parlement. Le clergé catholique des provinces de l'Est, où de pareils cas se présentaient quelquefois, était habitué à ces sortes de mariages ; pour l'évêché de Soissons ou celui de Paris, c'était une nouveauté intolérable. Tous les efforts de Lévi vinrent se briser contre leurs refus.

*
* *

Il commença par faire signifier au curé de Villeneuve, le 13 juin 1755, tous les actes de la procédure dont nous avons raconté les incidents, avec som-

[1] *Rec. imp.*, II, 10, 228.

mation de proclamer les bans de son mariage avec Anne Thévart, mais le curé persista dans sa résolution, et Lévi dut l'assigner au 30 juin en l'officialité de Soissons aux fins d'une requête présentée par lui à l'official le 28 du même mois [1]. De son côté, Mme de Mauroi, dame de Villeneuve, qui s'intéressait vivement au mariage de Lévi, correspondait à ce sujet avec l'évêque d'Uranopole et lui disait, entre autres, qu'elle avait si fort à cœur ce mariage, qu'elle était déterminée d'en demander dispense ou permission à Rome. Cependant l'affaire suivait sa marche devant l'officialité de Soissons. Le 6 août 1755, le curé de Villeneuve, répondant à l'assignation de Lévi, déclara qu'il s'en rapportait à la justice et à la décision de ses supérieurs, et qu'il n'entrait pas dans la contestation, sauf pour proposer quelques doutes. Il faisait particulièrement observer que Lévi n'avait point signifié à sa femme la sentence de l'officialité de Strasbourg du 7 novembre 1754, et ses défenseurs firent également remarquer plus tard qu'il était fort contestable que Lévi eût son domicile à Villeneuve. Dans la sommation faite au sieur Daage le 13 juin 1755, Lévi avait bien dit, il est vrai, qu'il demeurait à Villeneuve depuis plus d'un an (condition requise pour contracter domicile à l'effet du mariage) et qu'il voulait désormais y fixer son domicile, en subordonnant néanmoins ses décisions à l'ordre de la Providence, mais c'était là une pure intention conditionnelle, non une décision ferme, et de plus, dans tous les actes antérieurs, Lévi s'était qualifié négociant à Paris, ou demeurant de présent à Paris, de sorte qu'on ne savait vraiment pas s'il était domicilié

---

[1] *Rec. imp.*, II, 229-230.

encore à Haguenau, ou s'il demeurait à Paris ou à Villeneuve [1].

Lévi, pour procéder correctement, commença par faire signifier à sa femme (23 août 1755) la sentence de l'officialité de Strasbourg qui lui permettait de se remarier ; l'exploit fut reçu par la mère de Mendel, qui déclara que sa fille persistait dans ses résolutions [2]. En même temps Lévi pressait par divers actes (28 août, 30 août) le curé de Villeneuve de prendre une résolution. Le curé attendait la décision de l'évêché, elle fut rendue à l'officialité de Soissons le 4 septembre 1755 : Lévi était déclaré non recevable en sa demande quant à présent, et condamné aux dépens envers le sieur Daage [3].

Lévi crut ou feignit de croire que cette sentence dilatoire lui demandait uniquement de faire une nouvelle tentative auprès de sa femme. Il se hâta d'adresser (15 octobre 1755) à Mendel une nouvelle sommation qui eut le même résultat que les précédentes, et, se croyant en règle maintenant avec la justice, il présenta, le 17 janvier 1756, une nouvelle requête à l'officialité de Soissons, par laquelle il demandait qu'il fût maintenant passé outre à la publication de ses bans et à la célébration de son mariage [4]. Mais le clergé de Soissons, qui avait, lors de la première sentence, montré quelque hésitation, avait consulté depuis ce temps les magistrats, les théologiens et les jurisconsultes les plus éclairés. Sur les conclusions du Promoteur, l'official de Soissons prononça son jugement définitif : par sen-

[1] *Recueil imp.*, I, 61, 62, 68 à 70; II, 223-224, 229.
[2] *Ibid.*, I, 61, 70; II, 232, 243.
[3] *Ibid.*, II, 13, 233, 245.
[4] *Ibid.*, I, 12, 63; II, 14, 233, 245, 294.

tence du 5 février 1756, il déclara Lévi non recevable dans sa demande et l'en débouta.

Ce jugement renversait toutes les espérances de Lévi, il ne le découragea point. Où prit-il les ressources nécessaires pour continuer son procès ? C'est ce qu'il est impossible de deviner. Malgré le peu d'honorabilité du personnage, sa rare persévérance à soutenir sa cause, lui pauvre, ignorant, hier encore méprisé comme juif, finit par inspirer quelque sympathie. Dès le 24 mars 1756, il se munit d'une consultation de trois avocats sur le vu de laquelle il obtient, le 27 mars, en la chancellerie du Palais à Paris, lettres qui le reçoivent appelant comme d'abus des deux sentences de l'officialité de Soissons. Le 6 avril suivant, il fait intimer le sieur Daage, curé de Villeneuve, et M. l'évêque de Soissons, ce dernier comme prenant le fait et cause de son Promoteur Enfin, le 24 novembre 1756, il présente sa requête au Parlement, concluant à ce qu'il soit dit qu'il a été mal et abusivement jugé par les sentences de l'official de Soissons, qu'il soit enjoint au curé de Villeneuve de procéder à la publication des bans de son mariage avec Anne Thévart, puis à la célébration de ce mariage, et à ce que M. l'évêque de Soissons et le sieur Daage soient condamnés aux dépens des cause principale, d'appel et demande[1]. Transporté sur cette scène, le procès prit immédiatement de grandes proportions et éveilla l'attention générale.

Les pièces du procès restèrent assez longtemps dans les cartons du Parlement. Ce ne fut qu'un an après la requête de Lévi, en novembre 1757, que la cause fut mise la première au rôle de Vermandois. Elle fut plai-

---

[1] *Rec. imp.*, II, 234-235.

dée pendant dix audiences en la Grand'chambre du Parlement. Les deux parties présentèrent des Mémoires et des Consultations : le curé de Villeneuve, une Consultation de Le Ridant, du 28 décembre 1757, et un Mémoire de Me Sérieux ; Lévi, un Mémoire de Mc Legras. On a également un Mémoire à consulter et une Consultation de MM^{es} Pothouin d'Huillot et Travers, les premiers avocats de Lévi, mais qui, dans cette pièce, concluent contre lui. Sa cause fut plaidée par Me Loyseau de Mauléon, celle de M. l'évêque de Soissons par Me Moreau. Les arguments produits de part et d'autre sont assez intéressants pour que nous nous y arrétions un instant.

$*_*^*$

Voici comment on pourrait représenter l'histoire de la question dans l'Eglise catholique romaine :

L'Ancien Testament admet évidemment la polygamie et le divorce, il ne saurait y avoir discussion sur ce point. Les Patriarches, Moïse, David, Salomon, sont polygames. Le divorce, tel qu'on le trouve dans le Pentateuque, n'est pas seulement une séparation de corps comme celui qui existe actuellement dans la loi française, mais il entraîne, pour chacun des conjoints, la permission de se marier avec une autre personne. Pour le mari, avec l'institution de la polygamie, la défense de se remarier, après divorce, avec une autre femme, n'aurait pas de sens ; pour la femme, nous avons, outre la tradition constante de la synagogue, un texte formel, celui du Deutéronome, chap.

3

xxiv, versets 1 à 4, où l'on voit qu'un homme peut répudier sa femme s'il ne l'aime pas (verset 3), que la femme répudiée peut se remarier (verset 2), et que la seule chose qui soit défendue, c'est qu'une femme répudiée et remariée puisse, si le second mari la répudie à son tour ou meurt, épouser de nouveau le premier mari (verset 4).

Cette législation a été profondément modifiée par Jésus. Le témoignage des trois Évangiles concorde sur ce point. Les Pharisiens ayant un jour demandé à Jésus s'il est permis à un homme de répudier sa femme, il leur cita ce verset de la Genèse (ii, 24) : « C'est pourquoi l'homme quittera son père et sa mère et s'attachera à sa femme, et ils seront une seule chair. » Dans sa réponse les derniers mots du texte hébreu sont même légèrement modifiés et changés en « et ils seront deux en une seule chair. » Et Jésus ajouta : « C'est pourquoi ils ne sont plus deux, mais une seule chair. Ce que Dieu a uni, l'homme ne peut le séparer. » Comme les Pharisiens objectèrent que Moïse cependant, dans le chapitre du Deutéronome dont nous venons de parler, avait autorisé le divorce par ces mots : « Il lui écrira un libelle de divorce et le lui remettra, et la renverra de sa maison, » Jésus répondit que Moïse avait permis aux Hébreux le divorce en manière de concession, à cause de la dureté de leur cœur, *ad durltiam cordis*, mais qu'à l'origine de la création il n'en avait pas été ainsi, et qu'en réalité il était défendu de renvoyer sa femme, sauf dans le cas d'adultère. L'Évangile de saint Mathieu s'exprime ainsi :

« Il est dit : Quiconque renverra sa femme, lui donnera le libelle de divorce ;

» Et moi je vous dis que quiconque renverra sa femme, excepté dans le cas de fornication, la fait être adultère ; et quiconque épouse une femme répudiée est adultère [1]. »

Dans l'Evangile de saint Marc [2] et dans l'Evangile de saint Luc [3] il n'est même plus question du cas de fornication, le divorce paraît être défendu d'une manière absolue. Saint Marc dit :

« Quiconque répudie sa femme et en épouse une autre, est adultère ; et qui épouse une femme renvoyée par son mari, est adultère. »

Et saint Luc :

« Quiconque répudie sa femme et en épouse un autre, est adultère ; et qui épouse une femme répudiée par son mari, est adultère. »

Cette doctrine est claire, elle interdit le divorce et, évidemment aussi, la polygamie. Si la polygamie était permise, la défense d'épouser une seconde femme après la répudiation de la première serait absurde. Le mariage est donc, comme on disait, *un* et *indissoluble*. Il peut régner tout au plus un doute sur le cas de fornication de la femme. Si l'on ne veut pas repousser entièrement le texte de l'Evangile selon Matthieu, qui, dans ce cas, permet le divorce, et si on veut, au contraire, le concilier avec l'Évangile de S. Marc et l'Évangile de S. Luc, il faut admettre une des deux interprétations suivantes : 1° D'une manière générale, le divorce est défendu ; il est permis dans

---

[1] Evangile de saint Matthieu, chap. v, versets 31-32, et chap. xix, versets 3 à 9.

[2] Chap. x, versets 2 à 12.

[3] Chap. xvi, verset 18. Comparez à ces trois Evangiles, St-Paul, Epître aux Romains, ch. vii, v. 2 et 3.

le cas de fornication, et la défense de se remarier après renvoi de la femme répudiée ou d'épouser une femme répudiée ne s'applique pas à ce cas ; 2° Ou bien, cette défense s'applique également à ce cas, la femme adultère peut être répudiée, mais ni elle ni son mari ne peuvent se remarier. Il y a séparation de corps, dissolution de la communauté matérielle, mais non dissolution du mariage. Le lien matériel est rompu, mais le lien spirituel ou religieux qui unit les conjoints subsiste et ne peut jamais être déchiré.

Dans les premiers siècles du christianisme, la tradition juive était encore trop vivante parmi les chrétiens pour que le divorce pût être entièrement aboli. On permit au moins au mari de renvoyer sa femme dans le cas de fornication mentionné par les Évangiles et de se remarier. Les anciens conciles, aussi bien que les Pères de l'Église, sont d'accord pour admettre que dans certains cas le lien du mariage peut être rompu. Ainsi le concile d'Elvire de l'an 305, le concile d'Arles de l'an 314, le concile de Soissons tenu en 744, celui de Vermerie ou Verberie tenu en 752, celui de Compiègne tenu en 757, celui de Tours, de 1060, connaissent tous des cas où un mari peut répudier sa femme ou s'en séparer et se remarier [1]. Le concile d'Arles (314), il est vrai, préfère que ce mari n'épouse point d'autre femme [2] ; le concile de Milève (416) défend le mariage après la séparation des conjoints [3]. Les mêmes hésitations se remarquent chez les Pères de l'Église : saint Jean Chrysostôme et les Pères grecs ont en général permis le divorce, avec rupture du lien

---

[1] *Rec. imp.*, II, 44 à 53 ; *Recueil de pièces intéressantes*, p. 38.
[2] *Recueil imp.*, II, 44.
[3] *Ibid.*, II, 115.

et second mariage, dans le cas de fornication [1], et cette pratique est restée celle de l'Église catholique grecque. D'autres Pères, au contraire, ont uniquement permis, dans ce cas, la séparation de corps, non la rupture du lien. Saint Jérôme est formel sur ce point : *Quamdiu vivit vir, licet adulter sit,... maritus ejus (uxoris) reputatur, cui alterum virum accipere non licet.* « Tant que vit le mari, même adultère, il est le mari, et sa femme ne peut se remarier [2]. » Saint Augustin dit de même : « Ni pour fornication matérielle, ni pour fornication intellectuelle (changement de religion), le mari ou la femme répudiée ne peuvent se remarier [3]. »

Cette opinion s'était peu à peu accréditée dans l'Église latine. Elle s'appuie sur les passages des Évangiles de saint Marc et de saint Luc que nous avons cités plus haut et sur le passage de saint Paul dans son *Épître aux Romains* [4]. D'après l'Église latine, le divorce en cas de fornication, tel qu'il est mentionné dans saint Matthieu, n'est donc permis qu'avec cette restriction qu'il est une séparation de corps, non une rupture du lien [5]. Comme il y avait pourtant

---

[1] *Rec. imp.*, I, 174, 299; II, 124 à 144.

[2] Epître à Amandus; *Rec. imp.*, II, 119.

[3] *De Conjugiis adulterinis*, livre I, ch. xxv; même opinion, livre II, ch. iv; *Rec. imp.*, I, 166; II, 328. Merlin, qui s'est occupé de notre question dans le *Répertoire universel et raisonné de jurisprudence* (voir 5e édition, tome X, Paris, 1827, article *Mariage*), cite encore un concile de Nantes et un concile de Frioul, du temps de Charlemagne, qui défendent de se marier après divorce, ce qui n'empêche pas Charlemagne de renvoyer sa première femme et de se remarier. Les papes Alexandre III et Eugène IV, au concile de Florence, se prononcent dans le même sens (*ibid.*).

[4] Chap. vii, vers. 2.

[5] Comme il nous paraît probable que la mention du cas de fornication conservée dans saint Matthieu, effacée déjà dans saint Marc et après lui dans saint Luc, a été conservée d'abord par un reste de res-

encore des dissidences sur ce point, le concile de Trente (1545-1563), sur la proposition de Pierre Soto, se disposait à adopter le canon suivant : « Si quelqu'un dit que le lien du mariage est rompu par l'adultère et que l'un des conjoints peut contracter un autre mariage du vivant de l'autre conjoint, qu'il soit anathème. » Mais les ambassadeurs de Venise ayant représenté au concile que ce canon frappait d'anathème la doctrine des Grecs qui habitaient les îles de la République, les Pères assemblés prirent un tempérament et adoptèrent la rédaction suivante [1] : « Si quelqu'un dit que l'Église se trompe en enseignant que, suivant l'Évangile et la doctrine apostolique, le lien du mariage n'est pas rompu par l'adultère et que même le conjoint innocent et non adultère ne peut se remarier du vivant de l'autre conjoint et que celui des conjoints qui se remarie après avoir répudié l'adultère est adultère, qu'il soit anathème. » Ainsi, la doctrine des Grecs sur le cas d'adultère n'est pas condamnée formellement, mais il est défendu d'attaquer la doctrine contraire de l'Église latine. Cette décision timide ne terminait rien et laissait la porte ouverte à toutes les contestations.

Voici quelle était, dans notre procès, la thèse des avocats de Lévi : On nous présente, disaient-ils, le mariage comme une sorte d'union mystique à laquelle il est absolument défendu de toucher. C'est une con-

pect pour les pratiques juives et n'a disparu que plus tard du texte des Évangiles, lorsque la séparation avec le judaïsme s'est accusée davantage, on pourrait tirer de cette circonstance un argument de plus (nous ne savons s'il n'a pas été déjà produit) pour l'antériorité de saint Matthieu à saint Marc.

[1] 24ᵉ session, 7ᵉ canon.

ception démentie par l'histoire. Le mariage n'a pas toujours été cette institution *sacro-sainte* qu'on nous dit. Sans doute, dans l'état d'innocence où était le premier homme, le mariage était un et indissoluble, comme le dit ce verset de la Genèse : « C'est pourquoi l'homme quittera son père, etc., et ils seront une seule chair. » Mais déjà dans l'état de péché qui suivit la première faute, et plus tard, après Moïse, dans l'état de la loi écrite, cette institution fut considérablement modifiée. Dans l'état de péché, l'*unité* du mariage fut abolie et la polygamie permise, comme le prouve, par exemple, l'histoire des saints Patriarches; l'*indissolubilité* du mariage fut renversée par la loi écrite, qui institua le divorce. Ce n'est que dans un quatrième état, l'état de la loi de grâce (le Nouveau Testament), que l'unité et l'indissolubilité du mariage furent rétablies, mais non pas dans toute leur intégrité, le divorce avec permission de se remarier fut maintenu pour le cas d'adultère. On ne peut donc pas opposer à Borach Lévi un principe absolu. On le peut d'autant moins que le mariage de Lévi n'a pas été contracté sous la loi de grâce. D'après celle-ci, le mariage est l'image de l'union de Jésus avec son Église, il est un, il est indissoluble, mais un mariage qui n'a pas été contracté sous la loi de grâce, un mariage contracté, comme celui de Lévi, sous la loi juive, qui permet le divorce, peut, dans certains cas légitimes, être rompu; c'est, suivant une doctrine autorisée, un mariage *vrai et légitime*, il est vrai, mais non un mariage *ratifié* comme les mariages chrétiens [1].

---

[1] *Verum et legitimum*, mais non *ratum*. *Recueil import.*, 1, 42; *Recueil de pièces intéressantes*, p. 121 et p. 184-5.

Les avocats de Lévi faisaient valoir encore, à l'appui de leur thèse, les dispositions des codes de Théodose et de Justinien concernant le divorce. Le code Justinien, par exemple, admet le divorce dans un nombre de cas déterminés : si le mari est adultère, homicide, sorcier (ou empoisonneur), criminel contre l'empereur, faussaire, violateur de sépultures, soustracteur d'objets sacrés, voleur, recéleur, etc. ; si la femme passe les nuits dans les cirques et les théâtres malgré son mari [1]. Le zèle des empereurs Théodose et Justinien pour la religion chrétienne est connu. Il est impossible de supposer qu'ils eussent admis le divorce avec permission de se remarier, si l'Église l'avait condamné [2].

Les avocats de l'évêque de Soissons répondaient : L'institution du mariage a toujours été la même, et Jésus ne l'a pas modifiée. Le mariage est un et indissoluble et il l'a toujours été. La polygamie des saints Patriarches ou d'autres personnages de la Bible n'a pas été une véritable polygamie, et quand elle l'aurait été, elle a été pratiquée par dérogation, sur un ordre ou une inspiration formelle de Dieu, dont nous ne pouvons pas pénétrer les desseins. Le divorce institué par Moïse n'est qu'une séparation de corps, non une rupture du lien, et la preuve, c'est que, dans le chapitre même où il en est question, il est défendu au mari de reprendre sa femme répudiée si elle s'est remariée à un autre qui est mort ensuite ou qui l'a répudiée à son tour, parce que, dit le texte, elle est souillée. Cette

---

[1] Voir Code Justinien, V, xvii, 1 à 10; Novelle 22 et nov. 117.

[2] Les adversaires de Lévi répondaient que ces lois étaient une concession faite aux mœurs et imposée par les circonstances.

souillure vient évidemment de ce qu'elle s'est remariée malgré la défense de la loi [1]. Toute la différence entre la loi de Moïse et celle de Jésus est que Moïse, tenant compte de la dureté de cœur des Hébreux, a permis d'une manière générale la séparation de corps, tandis que Jésus ne l'a permise que dans le cas d'adultère. Le mariage a donc toujours été un et indissoluble, il est une institution civile créée pour le bonheur de la société, le sacrement chrétien lui a donné plus de sainteté, mais non plus de force, et, pour la solidité du lien, il n'y a aucune différence entre le mariage juif et le mariage chrétien. Rien ne permet donc, sous aucun prétexte, de rompre le mariage de Lévi avec sa femme.

Cette thèse, évidemment excessive, a été mitigée par une des consultations faites dans le cours du procès. Le Ridant admet que la polygamie a véritablement existé chez les Hébreux, et que le divorce, chez eux, était suivi, en fait sinon en droit, du mariage des conjoints, mais la faiblesse de cette théorie saute aux yeux. Si la polygamie était permise, quelle raison pouvait-il y avoir de défendre, au moins en principe, à l'homme divorcé de se marier dorénavant avec une autre femme ? Mieux valait dire que Jésus avait réellement changé la loi de Moïse (si le texte des Évangiles permettait de le soutenir), aboli en même temps la polygamie et le divorce suivi de mariage, et que Lévi étant maintenant chrétien, il ne pouvait divorcer selon la loi de l'Ancien Testament.

---

[1] Lévi soutenait, avec raison, que la femme répudiée peut se remarier, et que le mariage avec son premier mari, après un second mariage, est défendu, parce que ce retour au premier mari serait une sorte de profanation du mariage. La souillure n'est pas dans le second mariage avec un autre mari, mais dans le retour au premier mari.

On remarquera que les deux parties étaient d'accord pour admettre la validité du mariage juif, et, dans l'espèce, la validité du mariage de Lévi avec Mendel Cerf. Il ne faut pas s'en étonner, puisque le mariage chrétien procède du mariage juif, et qu'on ne pouvait infirmer l'un sans ébranler l'autre. Mais il y a plus : c'est un principe de l'Église que tous les mariages des infidèles sont valables. Ce principe s'appuie sur une Épître célèbre de saint Paul et qui joue un grand rôle dans notre procès. C'est la 1re Épître aux Corinthiens, chapitre VII. Saint Paul y dit assez clairement (on pourrait pourtant épiloguer là-dessus) que l'Église doit respecter les liens contractés dans une autre religion. « Que chacun reste comme Dieu l'a appelé... Que chacun, frères, demeure auprès de Dieu dans l'état où il a été appelé[1].» Ce qui signifie, d'après l'Église, dans ce chapitre qui traite tout entier de l'état du mariage, qu'un infidèle qui se convertit au christianisme doit persévérer dans l'état de mariage où il était au moment où Dieu l'a appelé. Par conséquent, le mariage des infidèles est un vrai mariage.

La discussion serait restée dans ces généralités assez étrangères au sujet, si cette même lettre de saint Paul ne lui eût fourni un nouvel aliment qui en ravivait singulièrement l'intérêt. Cette Épître, en effet, contient, au même chap. VII, un passage qui paraît s'appliquer directement au cas de Borach Lévi. Des païens de Corinthe, récemment convertis au christianisme, avaient soumis à saint Paul un certain nombre de questions sur la condition et la pureté du mariage :

[1] Versets 17 et 24.

Est-il bon de se marier ou ne vaut-il pas mieux vivre dans le célibat? Le divorce est-il permis? Que doit faire de sa femme païenne un infidèle converti au christianisme? etc. C'est à ces questions que répond saint Paul. Il vaut certainement mieux, dit-il, que l'homme ne touche pas à la femme, cependant il n'est pas donné à tout le monde de vivre, comme moi, dans le célibat, je conseille donc, en mon nom, à ceux qui ne peuvent faire autrement, de se marier, mais à ceux qui sont mariés, j'ordonne, non pas en mon nom, mais au nom de Dieu, de ne pas se séparer; s'ils se séparent, il leur est défendu de se remarier et ils n'ont rien de mieux à faire que de se réconcilier. Puis examinant la situation d'un conjoint fidèle, c'est-à-dire chrétien, marié à une partie infidèle, c'est-à-dire païenne, l'apôtre continue en ces termes [1] :

V. 12. — Car aux autres c'est moi qui parle, non le Seigneur. Si un frère chrétien a une femme infidèle et qu'elle consente à habiter avec lui, il ne la répudiera pas.

V. 13. — Et si une femme fidèle a un mari infidèle qui consente à vivre avec elle, elle ne répudiera pas le mari.

---

[1] Nous donnons ici, pour la commodité du lecteur, le texte latin de la Vulgate sur lequel s'appuient également les avocats de Lévi et ceux de l'évêque de Soissons : 12. Nam cæteris ego dico non Dominus. Si quis frater uxorem habet infidelem et hæc consentit habitare cum illo, non dimittat illam. — 13. Et si quæ mulier fidelis habet virum infidelem et hic consentit habitare cum illa, non dimittat virum. — 14. Sanctificatus est enim vir infidelis per mulierem fidelem et sanctificata est mulier infidelis per virum fidelem; alioquin filii vestri immundi essent, nunc autem sancti sunt. — 15. Quod si infidelis discedit, discedat; non enim servituti subjectus est frater aut soror in hujusmodi; in pace autem vocavit nos Deus. — 16. Undè enim scis, mulier, si virum salvum facies? aut undè scis, vir, si mulierem salvam facies?

V. 14. — Car le mari infidèle est sanctifié par la femme fidèle, et la femme infidèle est sanctifiée par le mari fidèle ; autrement vos fils seraient impurs, tandis que de cette façon ils sont saints.

V. 15. — Que si l'infidèle part, qu'il parte, car dans ce cas le frère ou la sœur chrétien n'est pas soumis à la servitude, mais Dieu nous a appelés dans la paix.

V. 16. — Car d'où sais-tu, ô femme, si tu sauveras ton mari? et d'où sais-tu, ô homme, si tu sauveras ta femme?

Ce texte présente bien des obscurités. Qu'est-ce que ces *autres* dont parle le verset 12 ; désigne-t-il les célibataires et les veufs dont il est question plus haut, et par opposition aux gens mariés dont l'apôtre vient de parler? Ou bien s'applique-t-il à la suite du chapitre pour désigner les conjoints dont l'un est fidèle et l'autre infidèle, par opposition aux deux conjoints fidèles dont il vient d'être question ? Et puis qu'est-ce que cette servitude du verset 15 ? Et quel rapport y a-t-il entre le verset 16 et ce qui précède? C'est sur ces questions que discutent les avocats des deux parties.

Les avocats de Lévi faisaient d'abord remarquer que le passage tout entier était, comme il résulte du verset initial, un simple conseil de saint Paul, mais non un précepte de Dieu, *ego dico non Dominus.* Ils convenaient que, d'après ce conseil de saint Paul, un mari qui vient de se convertir au christianisme ne doit pas renvoyer sa femme qui demeure infidèle, si toutefois elle consent à demeurer avec lui. Mais si l'infidèle se sépare elle-même, par son refus de demeurer avec le mari fidèle, le mari peut se séparer à son tour, *discedat* (verset 16), qu'il parte[1] et se remarie, il n'est plus

---

[1] Ou encore *qu'elle parte,* c'est-à-dire la partie infidèle, qu'elle s'en

soumis à la servitude du premier mariage et pourra épouser une autre femme, car à quoi servirait de courir après la partie infidèle? L'espoir de la convertir est bien faible : tu ne peux pas savoir, mari fidèle, si tu sauveras ta femme infidèle en la convertissant finalement à ta nouvelle religion. Cette poursuite est donc vaine et tu peux, dans ce cas, te remarier sans scrupules.

Les adversaires de Lévi soutenaient, au contraire, cette thèse : Les *autres* dont il est parlé au verset 12, ce sont les célibataires de plus haut, car il y a un point après le mot *Seigneur* du v. 12, et cette partie du verset se rapporte à ce qui précède. Et lors même qu'elle se rapporterait à ce qui suit, un conseil de l'apôtre est un ordre. Et que dit la suite? Elle dit que dans aucun cas le conjoint fidèle ne peut se remarier. Il doit d'abord se garder de renvoyer la partie restée infidèle, car il pourra avoir le bonheur de la convertir plus tard. Si cependant elle se sépare de lui, qu'il la laisse aller, il n'est pas obligé de courir après elle pour la ramener au domicile conjugal, cette servitude ne lui est pas imposée, car ses efforts pour la convertir pourraient finalement n'aboutir à rien et la servitude serait trop grande. Il peut donc rester séparé d'elle, mais c'est une simple séparation de corps, non une rupture du mariage, il ne peut pas se remarier. L'apôtre le dit formellement plus haut (versets 11 et 12) : Si une partie quitte l'autre, elle ne pourra se remarier : que le mari, sous aucun prétexte, ne renvoie sa femme ; il le dit plus loin (v. 17) : Que chacun reste, après sa conversion, dans l'état où Dieu l'a appelé.

aille comme il lui plaira, la partie fidèle n'est plus soumise à la servitude du lien et peut se remarier.

La discussion aurait pu s'éterniser sur ce texte obscur, mais qui nous parait pourtant favorable à la thèse de Lévi. Ses adversaires avaient beaucoup de peine à expliquer quelle était cette servitude dont l'apôtre affranchissait le mari abandonné si ce n'était pas la servitude du lien conjugal. Il est vrai qu'ils citaient à l'appui de leur exégèse et saint Ambroise, et saint Augustin [1], et surtout une ancienne règle, reproduite par le concile de Meaux : *Baptismo solvuntur peccata, non conjugia*, « le baptême efface les péchés, non les mariages [2] », mais leurs arguments tirés de ces autorités n'étaient pas sans réplique.

Où était donc la vraie doctrine de l'Eglise ? Il fallait la chercher dans les canonistes et les Constitutions des papes, et c'est ici que Lévi triomphait. Le célèbre canoniste Gratien, un des fondateurs du droit canon, était pour lui ; pour lui également le pape Innocent III, et ses successeurs et tous les casuistes. Voici ce que dit Gratien [3] : « Si le conjoint infidèle se sépare par haine de la religion chrétienne, le frère et la sœur (le conjoint chrétien) n'est pas soumis, dans ce cas, à la servitude, et ce n'est pas un péché devant Dieu, pour le conjoint abandonné, de se marier avec une autre personne, car le mépris que l'autre conjoint a montré pour Dieu a dénoué le lien du mariage en faveur du conjoint abandonné. Mais l'infidèle qui est parti pèche envers Dieu et envers le mariage et il n'est pas nécessaire de lui garder la foi. » Cela est clair, le conjoint fidèle abandonné par la partie infidèle peut se remarier.

---

[1] *Rec. imp.*, I, 222 et 224.
[2] *Ibid.*, I, 129; II, 124.
[3] Décret de Gratien, 2ᵉ partie, cause 28, question 2, nᵒ 2.

Tous les théologiens chrétiens, à partir du xii° siècle, avaient adopté cette opinion. Quelques années avant le procès, le pape Benoit XIV, célèbre par sa science théologique, avait encore décidé la question dans le même sens [1], et il avait ajouté qu'à l'époque où il avait été secrétaire de la Congrégation du concile il avait soutenu cette thèse dans une cause de Florence proposée le 17 janvier 1726 [2]. Les publications officielles de l'Eglise française s'étaient toutes ralliées à cette opinion, par exemple les Conférences de Paris, d'Angers, de Luçon, de Grenoble, la Théologie de Périgueux, le catéchisme de Montpellier, le Rituel de Metz [3], et, ce qui était plus piquant encore, le Rituel même de l'évêque de Soissons contre lequel Lévi était maintenant obligé de plaider. Ce rituel, publié en 1753, dit formellement (1re partie, p. 271), « que les mariages des infidèles sont légitimes; qu'un infidèle qui se convertit peut et doit même demeurer avec sa femme qui persévère dans l'infidélité et qui consent d'habiter avec lui, et de même la femme avec son mari ; mais que si l'infidélité se sépare, le fidèle a droit de se séparer aussi... On permet même à un fidèle abandonné ainsi par la partie infidèle de se marier à un autre [4]. » Par quelle singularité Lévi

[1] Constitution XXVIII, § 58, Rome, 28 février 1747; voir le Bullaire de Benoît XIV, 2e vol., Venise, 1776, p. 105.

[2] Il renvoie à Tesoro delle resoluzioni, p. 346 à 350 et tome IV, p. 30; comparez *Recueil de pièces intéressantes*, p. 61, citant un passage du *De synodo diœcesana* du même pape où il parle (p. 220-222) d'une cause analogue de Florence par devant la sainte congrégation du Concile le 17 janvier 1722 (serait-ce le même cas que celui qui est cité dans notre texte et faut-il lire ici 1726, non 1722 ?). Dans ce passage Benoît XIV renvoie aussi à son Bullaire, tome I, constitution III.

[3] *Recueil imp.*, II, 83-87.

[4] *Ibid.*, II, 16-18.

était-il obligé de justifier M. de Soissons contre M. de Soissons lui-même et prendre contre lui la défense de son propre Rituel ?

Cette singularité est bien facile à expliquer, répondaient les adversaires de Lévi. M. de Soissons a adopté le Rituel de M. de Coaslin, ancien évêque de Metz, parce qu'il est un des plus exacts du royaume, mais ce Rituel n'a pas force de loi, et l'auteur qui l'a rédigé s'est borné à transcrire une opinion qui a cours parmi les théologiens, sans y attacher d'ailleurs aucune autre importance ; mais cette opinion est fausse et l'erreur remonte à Gratien. Ce théologien qu'on a surfait (c'est ce que prétendent les avocats de M. de Soissons), qui a commis les plus lourdes méprises, et qui, enfin, est la source « des opinions ultramontaines qui ont enveloppé des royaumes entiers et dont la France, à l'aide de ses libertés, est à peine débarrassée [1] », s'est simplement trompé sur le sens de l'épître de saint Paul. Il a été induit en erreur par un texte apocryphe attribué à saint Ambroise ou à saint Grégoire, mais qui n'est d'aucun des deux. Ce texte est d'un certain Hilaire, diacre de la secte des Lucifériens, une espèce d'hérétique qui ne mérite nulle confiance [2]. L'opinion de Gratien est donc fausse, erronée, elle doit être rejetée. Le malheur a voulu qu'elle fût adoptée par Innocent III [3]. L'autorité déjà si grande de Gratien étant soutenue par celle d'un pape, sa décision a été copiée aveuglément par tous les casuistes, sans qu'aucun d'eux se soit donné la peine d'examiner la question

---

[1] *Rec. imp.*, II, 177.

[2] *Rec. imp,,* II, 195, 374. On appelle quelquefois cet auteur l'Ambrosiaste.

[3] Décrétales de Grégoire IX, livre IV, titre xix, chap. 7.

de près et de recourir aux sources. C'est ainsi que s'est perpétuée dans l'Église une opinion fausse et qu'il est temps d'extirper.

*
* *

Il n'est pas sans intérêt de voir ce que pensent, sur ces questions délicates, les docteurs juifs.

La situation de Mendel Cerf, d'après les casuistes juifs, paraît assez claire : Mendel continue d'être la femme légitime de Lévi et elle ne peut se remarier, comme elle le sentait elle-même, que si elle obtient de son mari une lettre de divorce. L'origine de cette disposition se trouve dans le Talmud. C'est un principe talmudique qu'un *mumar* (apostat) peut contracter valablement mariage avec une femme juive, si ce mariage se fait, bien entendu, suivant les règles instituées par les rabbins. « Le mariage d'un israélite *mumar* est un mariage valable, קידושיר קידושין [1]. » On en conclut qu'à plus forte raison le mariage contracté par un apostat avant son apostasie reste valable malgré cette apostasie et ne peut-être rompu que par le divorce. L'apostasie, en effet, n'enlève pas à l'apostat son caractère de juif, car c'est encore un principe talmudique que l'apostat, « quoiqu'il ait péché, reste israélite. » C'est ce qu'on tire [2] de l'histoire d'Akhan racontée dans le Livre de Josué. Malgré le crime com-

---

[1] *Yebamot*, chap. *Haholéç,* 47 *b*, et *Bekhorot*, chap. *Ad kammé*, 30 *b*. Maïmonide, *Mischné tora, Hilkhot ischut*, IV, 15; *Tour ében ézer*, nᵒˢ 44, 129.

[2] *Sanhédrin*, chap. *Nigmar haddin*, 44 *a*.

4

mis alors par les Hébreux, les criminels sont encore considérés comme des Israélites [1], d'où on conclut que le judaïsme est pour ainsi dire indélébile et que l'apostasie ne peut effacer chez l'apostat son caractère de juif, איכ"פ שחטא ישראל הוא. Enfin, la preuve qu'un *mumar* reste toujours juif se tire encore des règlements concernant le lévirat. Le Talmud ne s'est pas occupé formellement du cas où le lévir est un *mumar*, mais un grand nombre de docteurs, s'appuyant sur un passage de la Mischna [2], admettent que la veuve qui tombe devant un lévir *mumar* ne peut se marier que si ce *mumar* lui donne sa liberté par la formalité bien connue du déchaussement (*haliça*). C'est ainsi, par exemple, que déjà la gaon Scherira [3] et peut-être des gueonim plus anciens [4], et après eux Maïmonide [5] et le *Tour* [6], entendent ce passage. Une consultation de Raschi, conforme à cette opinon, est citée par tous les casuistes [7]. Raschi se prononce formellement contre ceux qui prétendent qu'un *mumar* ne donne pas *haliça*,

---

[1] Josué, chap. VII, verset 11.

[2] *Yebamot*, 22 a : מי שיש לו אח מכל מקום זוקק את אשת אחיו ליבום. « Un frère quelconque (qui survit à son frère mort sans enfants) oblige la veuve de son frère mort à l'épouser en qualité de lévir. » Le mot *quelconque* signifie, pour les docteurs. même un frère *mumar*, quoique le Talmud ne l'entende pas ainsi et applique seulement ce mot à un frère de naissance illégitime. Cf. sur ce passage de la Mischna les *Hidduschim* de Salomon b. Adret. Voir *Tour ében ézer*, n° 157; Maïmonide, *Mischné tora*, *Hilkh.*, *yibbum*, I, 6.

[3] D'après un passage de l'*Ittur* dont il sera question plus loin.

[4] *Mordekhaï* sur *Yebamot*, chap. *Hanoléç*, n° 44; édition Riva di Trente, f° 99 a.

[5] *Mischné Tora*, *Hilkhot yibbum*, I, 6.

[6] *Tour ében ézer*, chap. 157.

[7] Par exemple *Mordekhaï*, *l. c.*; texte ou texte approximatif dans les consultations de Méir de Rothenbourg, édit. Prague, 1605, n° 456; consult. de Juda Mainz, n° 12; cf. *Zikhron Yehuda* de Juda fils du Rosch, Berlin, 1846, f° 52 b.

« quoiqu'il ait péché, il reste israélite. » On voit donc que le *mumar* reste israélite, son mariage contracté avec une juive avant son apostasie garde toute sa valeur même après son apostasie. Ce principe va si loin qu'il y a des casuistes qui admettent que, si la femme d'un *mumar* abandonne aussi le judaïsme, ou si, après son apostasie, le *mumar* épouse une femme qui a apostasié de son côté, les enfants nés après cette double apostasie sont juifs [1]. L'apostasie du mari ne rompt donc pas son mariage avec sa femme restée juive. Cette femme peut à la rigueur demeurer avec lui [2], elle fait mieux pourtant de chercher à s'en séparer en lui demandant le divorce [3], et quoiqu'il ne soit plus véritablement juif, le divorce donné par lui selon la loi juive est valable.

Cette théorie, cependant, n'a pas été sans rencontrer d'assez vives contradictions. Elles s'appuient toutes sur une tradition, qui a été recueillie par Isaac Abba Mari, de Marseille [4], et qui est ainsi conçue : « R. Scherira applique à la veuve qui tombe devant un lévir *mumar* la loi du lévirat, puisque ce *mumar* a été conçu et est né dans le judaïsme, et elle restera sans mari jusqu'à ce qu'elle ait reçu *haliça*. R. Yehudaï dit que si à l'époque du mariage de cette femme le beau-frère était déjà *mumar*, elle n'a pas besoin de *haliça*, et à la veuve d'un *mumar* restée juive ne

---

[1] Josef Caro sur *Tour ében ézer*, n° 157.

[2] Le plus ancien témoignage à ce sujet vient de Yehudaï gaon, cité dans le passage de l'*Ittur* auquel nous avons déjà fait allusion plus haut.

[3] Voir, par exemple, dans *Pesakim u-Schéélot teschubot* de Juda Mainz et Méir de Padoue, Venise, 1553. le *Séder haggét* de Josef Colon, n° 36, f° 40 b. : חייבה קצת להתגרש ממנו.

[4] *Séfer Haittur*, chap. *Gét haliça*, édit. Venise, f° 56 b.

s'applique pas la loi du lévirat, car le *mumar* n'est pas le *frère* du défunt, et elle peut se remarier sans *haliça*. » Voilà donc une théorie absolument opposée à celle de Raschi : le *mumar* n'est plus juif, et quoiqu'on ne puisse contester que, s'il se marie judaïquement avec une juive, son mariage soit valable, car le Talmud le dit formellement, on peut cependant se demander si son mariage contracté avant sa conversion n'est pas rompu par son apostasie. R. Méir de Rothenbourg [1], cherchant à expliquer l'opinion de Yehudaï gaon, s'appuie sur un passage du Talmud [2] où il est dit qu'une veuve sans enfants qui tombe devant un lévir malade (מוכה שחין) pourrait n'avoir pas besoin de *haliça*, car elle pourrait dire qu'en épousant le frère de ce malade elle ne prévoyait pas cette maladie du beau-frère, אדעתא דהכי לא קדשה, et que l'obligation d'épouser ce beau-frère ne pouvait être comprise dans les conditions de son mariage. On pourrait dire de même que la femme d'un apostat aurait le droit de soutenir que l'obligation de rester avec un mari apostat n'était pas comprise dans le contrat de mariage et que l'apostasie du mari rompt le mariage. Il y a plus : les auteurs que nous avons cités jusqu'à présent ne font pas de différence entre un *mumar* qui est plutôt libre-penseur qu'apostat, et un *meschummad* qui est un vrai apostat et ne veut absolument pas être israélite. Peut-on être israélite malgré soi et quand on déclare absolument qu'on ne veut pas l'être ? Ce serait bien

---

[1] Voir ses consultations, édit. Prague, 1605, n° 1022; cf. *Mordekhaï, l. c.*; Isaac *Or Zarua*, I, n° 205; Hayyim *Or Zarua*, n° 114; *Haggahot Mordekhaï, l. c.*, f° 179 a, n° 740; consult. de Juda Mainz, *l. c.*, n° 12, p. 22 a.

[2] *Baba Kamma*, chap. *Haggozel écim*, 110 b à 111 a.

étrange. Déjà le *Tour* indique que, suivant certains auteurs, des apostats de ce genre ne sont pas à comparer avec le *mumar* du Talmud et que leur mariage contracté après l'apostasie n'est plus valable [1], ou bien que ce mariage est une simple tolérance mais non un vrai mariage [2]. La preuve qu'on tire d'Akhan ne prouve rien pour un vrai apostat, car Akhan ne l'était pas [3]. Maïmonide, dans son *Mischné tora* [4], dit qu'un converti qui peut retourner au judaïsme et ne le fait pas est un vrai apostat et n'a pas de part à la vie future, et David Cohen dit formellement que la veuve qui tombe devant un apostat de cette espèce n'a pas besoin de *haliça* [5]. Yom Tob Çahalon et Moïse Capsali cité par lui paraissent être du même avis [6]. On pourrait encore citer plusieurs auteurs à l'appui de cette thèse. Par exemple, Rabbénou Tam et Moïse de Coucy, qui admettent qu'on peut prêter à intérêts à un apostat, car il n'est pas israélite [7]; le *Or Zarua*, qui admet formellement que ce *mumar* ne donne pas *haliça* ; des casuistes anciens ou postérieurs, tels que R. Tobiyya, R. Abraham b. Moïse de Ratisbonne, Elie Mizrahi, Juda Mainz [8], qui va jusqu'à dire que si Raschi avait connu les opinions émises plus tard par ses contradicteurs, il aurait certainement abandonné

[1] *Eben ézer*, n° 44.
[2] Voir consultations de Samuel di Médina sur *Eben ézer*, n° 20.
[3] *Ibid.*
[4] *Hilkhot yesodé hattora*, ch. 5.
[5] Cité par Samuel di Médina, *l. c.* Nous n'avons pas pu consulter l'ouvrage de David Cohen.
[6] Consultations de Yom Tob Çahalon, Venise, 1694, n° 148.
[7] *Séfer miçvot gadol*, dans *Miçva lattét cedaka*.
[8] Voir la consultation déjà citée du Juda Mainz; la consultation 175 de Josef Colon, la consultation 47 d'Elie Mizrahi contre Jacob b. Habib.

la sienne. Il faut dire néanmoins que tous ces arguments paraissent avoir fait peu d'impression sur les casuistes, tous se sont plus ou moins formellement ralliés à Raschi pour la *haliça* du *mumar*, et aucun d'eux n'a exprimé même un seul instant l'idée qu'un mariage juif était rompu par suite de l'apostasie du mari.

Une autre question se présente : Puisque la polygamie a été proscrite dans le judaïsme par R. Gersom, que devient le mari de la femme qui apostasie ? En Autriche, dans ce cas, la femme pouvait évidemment se marier avec un chrétien sans avoir reçu le divorce[1], et notre Borach Lévi aurait pu invoquer ce précédent, s'il l'avait connu. La situation du mari est très simple aussi. On peut admettre que la règle de R. Gersom ne s'applique pas à ce cas, c'est ce qu'on faisait au moyen âge dans les provinces rhénanes[2]; le mari resté juif peut donc épouser sans obstacle une autre femme ; si on ne l'admet pas, le mari resté juif n'a qu'à donner divorce à cette femme, comme on le faisait en Autriche[3].

Il faut aussi examiner la question inverse : Quelle est, au point de vue du mariage, la situation d'un prosélyte dans le judaïsme? Puisque la polygamie est permise par la Bible, il est clair qu'un prosélyte juif pourrait, en principe, se marier après sa conversion, sans qu'on ait à examiner si son mariage antérieur est rompu ou non par sa conversion au judaïsme, si l'institution de la monogamie par R. Gersom (xe siècle)

---

[1] Voir *Terumat haddéschen* d'Israël Isserlein, consult. n° 219.
[2] *Pesakim* d'Israël Isserlein, n° 256.
[3] *Terumat haddéschen*, consult. n° 237.

ne s'y opposait. Il faut donc se demander si la conversion au judaïsme rompt le mariage antérieur. Nous
n'invoquerons pas, pour résoudre la question, le principe talmudique bien connu qu' « un prosélyte est
comme l'enfant qui vient de naître[1] », גר שנתגייר כקטן,
שנולד דמי, et que toutes ses relations de famille anté-
rieures à sa conversion sont rompues, car ce principe
paraît s'appliquer uniquement aux liens du sang, mais
non aux liens contractés par alliance. Il peut être
permis à un prosélyte d'épouser, après sa conversion,
sa sœur du côté maternel, sa fille née avant sa conversion, ou d'autres parentes (quelques restrictions
provenant des rabbins sont fondées sur des conve-
nances sociales ou religieuses), puisqu'il ne subsiste
plus rien de sa parenté antérieure[2], sans qu'il en résulte que le lien de son mariage soit rompu. Mais ce
qui est certain, c'est que, pour les casuistes, un mariage qui n'est pas conclu suivant la loi juive n'est pas
considéré comme valable dans le judaïsme. Le célèbre
rabbin Isaac b. Schéschet examine à deux reprises
cette question[3]. Il est consulté une fois par un israélite
qui épouse une femme devant un curé, une autre fois
par une femme juive qui a épousé un chrétien devant
le curé, et il décide que ces mariages ne sont pas valables, car ils n'ont rien qui ressemble à un mariage
juif. Ce mariage en lui-même n'est pas le vrai mariage,
et les témoins, même s'ils sont des juifs baptisés, ne
sont pas des témoins[4]. Les mariages contractés dans

---

[1] *Yebamot*, 97 *b*.
[2] *Yebamot*, 97 *b* à 98 *a*; *Sanhédrin*, 58 *a*; Maïmonide, *Mischne tora, Hilkhot issuré biah*, chap. XIV; *Tour yoré déah*, nos 268, 269.
[3] Consultations nos 5 et 6.
[4] Voir aussi, sur la question des témoins, sa consultation 11.

l'Eglise romaine par des descendants de juifs convertis de force au christianisme sont, pour la même raison, considérés comme nuls au point de vue juif [1]. Il n'y a donc pas de doute, le mariage contracté en dehors du judaïsme n'est pas valable, un prosélyte juif n'est plus marié avec la femme épousée avant sa conversion, et il peut se remarier sans aucune formalité de divorce. Lors même que sa femme s'est convertie en même temps que lui, elle n'est sa femme que s'il l'épouse de nouveau [2].

Quelques renseignements historiques tirés des consultations des rabbins contribueront à illustrer la question qui nous occupe.

Celle de la veuve sans enfants qui tombe devant un lévir *mumar* ou *meschummad* a de bonne heure préoccupé les casuistes. On a déjà vu que Yehudaï gaon (viii* siècle) et Scherira ont eu à trancher des cas de ce genre. D'autres gueonim ont également été consultés sur ce sujet. R. Paltoï gaon demande que la veuve dont le lévir est *meschummad* ne se remarie que si elle obtient *haliça*, même si le *meschummad* est loin, בארץ ברביים ; R. Hillaï n'exige la *haliça* que si le frère n'avait pas encore apostasié à l'époque du mariage [3]. Sur diverses opinions de ce genre rapportées au nom de R. Nahschon et d'un ouvrage perdu intitulé בשר כל גבי גחלים et d'autres, on peut voir une con-

---

[1] Yom Tob Çahalon, *l. c.*

[2] Dans *Yebamot*, 98 *a*, Raschi (*s. v.* עכום כשׁהוא) dit formellement qu'un prosélyte juif qui n'épouse pas de nouveau sa femme après sa conversion n'est pas marié avec elle. Josef Caro sur *Tour yoré déah*, n° 269, dit la même chose ; cf. *Tour eben ézer*, n°* 27, 42 et 149; il renvoie à David Cohen, de Corfou, n° 24.

[3] *Schaaré Cédek*, Salonique, 1792, 1, n°* 50 et 53.

sultation très intéressante d'Isaac Or Zarua [1]. On connaît l'opinion de Raschi sur la nécessité de prendre *haliça* même d'un lévir *meschummad*. Il la tenait, d'après une de ses consultations, de son maître R. Eliakim et on s'y conformait à Mayence [2]. Un cas assez curieux se trouve rapporté dans le recueil des consultations de Méir de Rothenbourg. Environ 20 à 25 ans après les persécutions de la peste noire (1349), une juive dont le lévir s'était baptisé pendant la persécution, et qui lui avait en vain demandé *haliça*, s'était remariée sans autre permission avec un juif. Les rabbins se demandèrent si ce mariage est valable ou non [3]. David Cohen de Corfou, environ 10 ans après l'expulsion des Juifs du Portugal, décidait qu'une veuve tombée devant un lévir baptisé de force n'a pas besoin de *haliça* [4]. Du temps de Yom Tob Çahalon, des descendants de juifs baptisés de force (*anusim*) dans le Portugal depuis environ cent vingt ans étaient venus en Turquie [5], l'un d'eux y avait épousé sa femme et vécu avec elle dans le judaïsme; après sa mort, la femme demanda à son beau-frère resté dans le Portugal et également *anus* de venir la rejoindre et de l'épouser en qualité de lévir. Il s'y refusa, malgré trois sommations, et quoique les *anusim* (juifs baptisés de force) de Portugal eussent reçu du roi, à force d'argent, la permission de quitter le pays pour aller dans un pays

---

[1] Consultat. d'Isaac *Or Zarua*, I, n° 205. Voir aussi consult. de Josef Colon, n° 85 et le *Pahad Yishak*, au mot רבכ, f° 6 *a*.

[2] *Pardes*, édit. Constantinople, f° 20 *d*.

[3] Consultat. de Méir de Rothenbourg, Prague, n° 1022.

[4] Consult. de Samuel de Médina sur *Eben ézer*, n° 10, renvoie à n° 9 de David Cohen.

[5] C'était donc probablement vers l'an 1600.

plus libéral où il leur fût permis de retourner au judaïsme [1].

On a déjà vu plus haut que la femme d'un *mumar* pouvait à la rigueur demeurer avec lui [2], que dans tous les cas l'usage s'était établi qu'elle ne pouvait se remarier du vivant de son mari qu'après avoir reçu le divorce. Déjà du temps de Raschi et de Rabbénou Tam, un *mumar* donnait divorce à sa femme restée juive. On peut voir sur ce sujet les consultations de Raschi [3] et les *tosafot* talmudiques de *Gittin* [4], où une question est adressée à Rabbénou Tam sur la forme de la lettre de divorce d'un *mumar*. Raschi a aussi diverses consultations sur la femme d'un *meschummad* : elle ne peut se remarier qu'après avoir reçu le divorce [5] ; si son mari meurt, il faut que le lévir resté juif donne *haliça* à la veuve [6]. Le mari d'une femme apostasiée ne peut pas vivre avec elle [7]. De même, d'après une consultation de Maïmonide, la femme d'un mari renégat est sa femme jusqu'à ce qu'elle ait reçu le divorce, mais comme le lien de son mariage est affaibli, sinon rompu, elle peut réclamer son douaire avant d'avoir obtenu le divorce, et c'est ainsi que les choses se pratiquaient en Orient et en Occident [8]. Méir de Rothen-

---

[1] Consult. de Yom Tob Cahalon, n° 148; voir aussi sa consultat. n° 201, qui traite à peu près le même sujet.

[2] Voir, par exemple, le passage déjà cité de Yehudaï gaon et les consultations dont il sera question un peu plus loin sur la veuve d'un *mumar*.

[3] *Pardes.* édit. Constantinople, f° 26 *a.*

[4] F° 34 *b*, *s. v.* והדר. Cf. consult. de Salom. b. Adret, n° 556; cf. n° 1162 et 117f.

[5] *Pardes*, 26 *a.*

[6] *Ibid.*, 25 *b*, cf. *Or Zarua*, I, n° 206.

[7] *Pardes*, 26 *b.*

[8] Consult. de Maïmonide, édit. Leipzig, I, n° 66.

bourg rapporte ce fait du divorce donné à une juive par un mari baptisé [1]. Des cas du même genre sont rapportés par Israël Isserlein [2]. Joseph Colon, de son côté, nous apprend qu'il était d'usage à Padoue que le *mumar* donnât divorce à sa femme [3]. Il ajoute que le 4 adar 5256 (= 1696) il avait lui-même dressé un acte de divorce de ce genre [4]. Méir de Padoue cite des cas de divorce donné par un renégat à la femme restée juive à Eisenstadt et dans une ville italienne située sur le Pô [5]. Samuel di Médina rapporte le fait d'un juif renégat demeurant à Ancône et qui donna divorce à sa femme restée juive demeurant à Salonique; la lettre de divorce fut confiée à un juif de אישקופיריא [6]. Il rapporte aussi qu'un juif de היורין qui avait apostasié et était allé à Nipolis [7], fut sommé par sa femme restée juive de lui donner le divorce [8]. Un fait curieux est raconté par Elie Mizrahi : une femme renie le judaïsme avec son mari, et ce mari épouse ensuite une autre femme dans un pays où la polygamie n'était pas permise. La première femme l'attaque devant les tribunaux en nullité de ce second mariage, elle est déboutée, elle en conclut que son mariage antérieur à

---

[1] Voir ses consult., éd. Prague, n° 974.

[2] *Terumat haddéschen*, consult. n° 237; *Pesakim*, n°ˢ 42, 43; cf. la consult. 223.

[3] Consultat. de Juda Mainz, etc., l. c., n°ˢ 35 et 36, p. 40 b. Voir aussi dans les consultations de Josef Colon, n° 85.

[4] Cons. de Juda Mainz, etc., *ibid.*

[5] *Ibid.*, consult. n° 5 et n° 11.

[6] Voir ses consult., n° 82. La ville est Uskiup, dans la Roumélie (voir Grætz, X, p. LXXVI, histoire de Chajon), ou plutôt Scopia, dans la Bosnie (voir l'itinéraire publié récemment par M. Ad. Neubauer dans le *Letterbode*).

[7] Probablement Nicopolis, dans la Roumélie.

[8] *Ibid.*, n° 170.

sa conversion est annulé et qu'elle peut, de son côté, se remarier [1]. Enfin, dans une consultation intéressante de Méir de Rothenbourg [2], est traitée la question suivante : Un homme et une femme ont renié le judaïsme et ont vécu maritalement ensemble pendant plusieurs années, puis ils sont revenus au judaïsme, peuvent-ils continuer à vivre ensemble ou ne doit-on pas penser que, à cause de l'extrême liberté des mœurs qu'on trouvait surtout chez les renégats (on les soupçonnait d'apostasier pour jouir de cette liberté), cette femme, pendant l'époque de sa conversion, a été infidèle à son mari et qu'elle doit, par conséquent, être renvoyée par lui conformément à la loi juive sur les femmes infidèles ?

Les rabbins ont eu aussi quelquefois à décider de la validité de mariages contractés suivant le rite chrétien : on a déjà vu qu'Isaac b. Schéschet a eu à s'occuper de cette question. La consultation de Samuel di Médina dont nous avons déjà plusieurs fois parlé s'occupe du cas d'*anusim* portugais nés dans le christianisme et qui se marient en Flandres devant des témoins également *anusim*. Ces mariages étaient, en général, considérés comme nuls. Du temps de Samuel di Médina, le rabbinat de Salonique décida qu'une femme qui épouse un juif baptisé de force devant des témoins également baptisés de force, n'est pas mariée [3].

---

[1] Voir ses consultations, édit. Constantinople, n° 21

[2] Consult., éd. Prague, n° 1020.

[3] Voir sa consultation n° 10.

Mais revenons à Lévi, que nous avons perdu de vue, et à son procès devant le Parlement.

Outre les arguments historiques et théologiques que nous avons exposés plus haut, les avocats en faisaient valoir encore un certain nombre d'autres qui ne sont pas sans intérêt. Ceux de Lévi demandaient si l'on voulait condamner leur client au célibat forcé, et si, en repoussant sa demande, on ne craignait pas d'inquiéter tous les Juifs baptisés qui, à Metz ou à Strasbourg, avaient pu se marier, après leur baptême, avec des chrétiennes. De leur côté, les adversaires de Lévi présentaient d'assez graves objections. Le célibat auquel on le condamnait ne les effrayait pas, si Lévi voulait être digne du christianisme, il devait se purifier dans l'isolement. Si sa demande était acceptée, il en résulterait que deux époux lassés l'un de l'autre pourraient, au moyen du baptême, éluder la loi sur l'indissolubilité du mariage et rétablir le divorce à leur profit[1]. Enfin, ils demandaient s'il était seulement possible de fixer un moment où le mariage de Lévi avec Mendel Cerf pût être considéré comme rompu. Cette question avait déjà préoccupé les théologiens, elle est traitée dans la Constitution XXXVIII de Benoît XIV dont nous avons parlé plus haut. Le mariage de Lévi n'est pas rompu, disaient-ils, au moment où il s'est baptisé, puisque l'Évangile ordonne que le mari baptisé ne doit pas se séparer de sa femme. Il n'est point rompu au moment où Mendel Cerf, sur la sommation de Lévi, a refusé de le rejoindre, car elle peut

[1] *Rec. imp.*, I, 142, 204.

se raviser, elle peut même se faire chrétienne, et quel spectacle serait-ce de voir ces deux juifs baptisés remariés chacun avec un autre conjoint chrétien! Le premier mariage de Lévi ne pourrait donc être rompu qu'au moment même où il se remarierait c'est-à-dire que ce nouveau mariage est impossible.

Le Parlement partagea cet avis. Le 2 janvier 1758, il prononça une sentence par laquelle Lévi était de nouveau et définitivement débouté de sa demande. Voici cette sentence d'après les registres du Parlement qui sont aux Archives nationales [1] :

Entre Jean-Joseph-François-Élie Lévy, cy-devant Borach Lévy, juif de nation, apellant comme d'abus de sentences de l'oficialité de Soissons des quatre septembre 1756 et demandeur en requête des 24 novembre audit an 1756, tendante à ce que, faisant droit sur son apel, il fût dit qu'il avoit été mal et abusivement jugé par lesd. sentences, qu'il fût enjoint au sieur Louis D'Age, prestre, curé de Villeneuve-sur-Bellot, de procéder à la publication des bans de son futur mariage avec Anne Thevard, et ensuite à la célébration d'icelui, en observant les formalités prescrittes par les loix et ordonnances, et ce à la première réquisition, et que le S. Dage et M. l'Évêque de Soissons fussent condamnés aux dépens des causes d'apel et demandes, d'une part ; et François duc de Filz-James, pair de France, évêque de Soissons, doyen et premier suffragant de province de Reims, et M. Louis Dage, prêtre, curé de Villeneuve-sur-Bellot, intimés et deffendeurs, d'autre part ;

Après que Loiseau, avocat de Joseph-François-Elie Lévy ; Moreau, avocat de François duc de Fitz-James; et Sérieux, avocat de Louis Dage, ont été ouïs pendant

Registres du Parlement, PLAIDOIRIES, X 7826, f° 328.

dix audiences, ensemble Séguier, pour le procureur général du Roy;

La Cour, sans s'arrêter aux demandes ni aux requêtes de la partie de Loyseau, faisant droit sur l'apel comme d'abus par elle interjetté des deux sentences de l'officialité de Soissons, dit qu'il n'y a abus, condamne la partie de Loyseau en l'amende et aux dépens ; faisant droit sur les conclusions du Procureur général du Roy, le reçoit apellant comme d'abus de la sentence de l'officialité de Strasbourg ; faisant droit sur ledit apel, dit qu'il y a abus. En conséquence, fait deffenses à la partie de Loyseau de se remarier du vivant de sa première femme.

Cet arrêt fit sensation, il renversait toutes les idées reçues et réduisait au désespoir les vieux casuistes. Vingt ans plus tard encore un auteur qui prétend être un vieux Rabbin converti au christianisme [1], mais qui connaît trop bien les Pères pour n'être pas un chrétien [2], voulut venger Lévi des rigueurs du Parlement. C'était l'époque où un juif nommé Liefman Calmer, qui avait obtenu des lettres de naturalité et acquis la seigneurie de Picquigny, dans le diocèse d'Amiens, soutenait devant le Parlement, contre l'évêque d'Amiens, un procès concernant la nomination d'un curé faite par lui en vertu de ses droits seigneuriaux et dont la validité était contestée par l'évêque. Le « vieux Rabbin » souffrait profondément, dans sa conscience de chrétien, que le Parlement eût été si dur envers un de ses anciens coreligionnaires con-

---

[1] *Recueil de pièces intéressantes*, p. 6.

[2] Il explique sa connaissance de la littérature chrétienne en disant que dès sa tendre enfance il s'est occupé de la loi de Moïse et de celle du Christ, mais cette précaution même le trahit. *Ibid.*, p. 6 et 7.

verti comme lui, tandis que cette corporation comblait de ses faveurs, à ce qu'il prétend, un juif endurci. Cette injustice l'indigna si fort qu'il se révolta et le public vit ce spectacle curieux d'un juif luttant seul contre tout le Parlement [1]. Le procès de Lévi avait du reste acquis de nouveau quelque intérêt d'actualité. Un charpentier marié de Landau, Simon Sommer, et un autre mari, tous deux catholiques, qui avaient été quittés par leurs femmes, avaient demandé la permission de se remarier en France avec dispense du Pape, vu que leurs femmes s'étaient remariées en pays protestant [2], et cette affaire avait de nouveau appelé l'attention sur toute la question et principalement sur le procès de Lévi. Trois grands avocats de Paris, M° Linguet, M° Hubert et M° Desnoyers avaient écrit, sur cette seconde affaire, qui se passa probablement en 1772, des mémoires et des consultations [3], un docteur en Sorbonne s'en mêla, un professeur royal de l'Université de Vienne, le R. P. Gervasio, dans son traité sur le mariage, imprimé à Vienne, en 1766, avait également disserté savamment sur le cas de Lévi [4]. Bref, Lévi acquit une sorte de célébrité qu'il ignora peut-être. L'arrêt du Parlement le réduisit au silence, il dut se résigner et rentra dans l'obscurité d'où il n'aurait jamais dû sortir.

---

[1] L'opuscule de ce prétendu rabbin est intitulé : *Un juif seul contre tout le Parlement de Paris. Rec. de p. intér.*, p. 5.

[2] *Rec. de pièces intér.*, p. 11 et 51.

[3] Le mémoire de M. Linguet est probablement de 1771 ou 1772 ; une réponse à son mémoire par un docteur en Sorbonne fut imprimé à Pont-Audemer le 21 janvier 1772 ; un autre à Paris, même année; *ibid.*, p. 11 et 128.

[4] *Ibid.*, p. 115.

VERSAILLES, IMPRIMERIE CERF ET FILS, RUE DUPLESSIS, 59.

83